KB031729

미니어처

김경은 지음

씨드북

차례

프롤로그 ✦

세계 최초 체질량 지수 기반 VR 아바타 메타버스 플랫폼 '빅토피아'를 소개합니다.

있는 그대로의 나를 사랑하기 위해, 당신은 오늘도 다리털을 밀고 있나요?

꽉 조이는 보정 속옷을 입고, 날씬해 보이는 필터로 셀카를 찍고 있지는 않나요?

세상은 있는 그대로의 나를 사랑하라면서 내가 변하기를 요구합니다.

나를 잘 가꾸어야 사랑받을 가치가 있다고 말합니다.

그것이 정답일까요?

빅토피아는 내가 아닌 이 세계를 바꾸기로 했습니다.

나는 있는 그대로 존재하지만 차별과 편견은 사라진 세계,

서로가 서로의 상처를 어루만지는 다정한 세계,

타인의 시선에서 벗어나 현실에서 이루지 못한 꿈을 원 없이 이뤄 보는 무한한 가능성의 세계!

이곳에서는 뚱뚱해도 놀림받지 않고 비키니를 입을 수 있습니다.

뚱뚱해도 옆 좌석의 눈치를 보지 않고 비행기를 탈 수 있습니다.

뚱뚱해도 어깨를 움츠리지 않고 자유롭게 길거리 음식을 먹을 수 있습니다.

내가 나여도 상처받지 않을 수 있습니다.

당신은 지금 이대로 행복한가요?

있는 그대로의 나를 진심으로 사랑한다고요?

대답을 망설이는 당신에게 빅토피아 초대 링크를 드립니다.

더는 자신을 괴롭히지 마세요.
당신은 지금 이대로 행복할 자격이 충분합니다.

당신을 사랑하는 세계,
당신이 사랑하는 세계.
빅토피아로 놀러 오세요!

설문대할망이 원한 것은 그저 자신에게 딱 맞는 팬티 한 장뿐이었다. 더도 말고 덜도 말고 명주로 지은 팬티 한 장. 지금 이 순간, 희지의 머릿속에 설문대할망이 떠오른 이유는 자신의 처지도 그와 크게 다를 바 없기 때문이었다.

"엄희지, 아직 멀었어? 얼른 나와 봐! 어서 청순함을 뽐내 보라고!"

탈의실 밖에서 소라가 채근했다. 다경은 소라에게 어울리는 옷을 고르느라 바빴다. 희지는 탈의실 내부의 전신 거울로 자신의 몰골을 마주하고 있었다.

키 165센티미터에 몸무게 110킬로그램. 희지는 고도비만이었다. 지하상가에 널리고 널린 옷 가게 중 자신에게 맞는 티셔츠 한 장 파는 곳이 없다는 것쯤은 물론 알고 있었지만, 친구들과의 첫 쇼핑에 빠질 수는 없는 노릇이었다.

그렇게 희지는 라일락색 시폰 원피스를 미사포처럼 뒤집어쓰게 되었다. 등 뒤의 지퍼에 손이 닿지 않아 억지로 원피스 자락을 들어 올렸더니, 이마에 그대로 끼어 버리고 만 것이다.

'속옷 차림에 원피스 미사포라니.'

희지는 관자놀이까지 찢어진 두 눈을 끔뻑이며 생각했다. 탈의실에서 옷 입다 죽은 사람이 있던가. 그러면 내 죽음은 원피스 살인 사건이 되는 건가? 원피스를 골라 준 소라는 방조죄로 잡혀가는 것이고? 소라의 변호사는 이렇게 말하겠지?

'존경하는 재판장님! 제 몸에 맞지도 않는 옷을 억지로 입느라 질식을 초래한 것은 바로 피해자 엄희지 양 본인입니다. 친구를 어이없이 잃어 도리어 상처받은 피의자 곽소라 양을 부디 선처하여 주십시오.'

희지는 피식 웃음을 뱉었다. '선처는 개뿔. 피해자가 죽으면 수사고 뭐고 사건은 그대로 종결되어 버린다.

그럼 나는 그냥 뚱뚱해서 죽은 사람이 되겠지.' 그 순간 희지의 눈앞이 환해졌다.

"야, 진짜 왜 이렇게 안 나……와……."

소라의 손에 탈의실 커튼이 열렸다. 매장의 환한 조명이 희지에게 쏟아졌다. 잠깐의 정적 후, 소라는 말없이 커튼을 닫았다.

"희, 희지야 너 괜찮아?"

커튼 뒤에서 소라가 물었다. 다경이 무슨 일이냐며 탈의실 앞으로 다가왔다. 희지는 두방망이질 치는 가슴을 부여잡고 아무렇지 않은 척 목소리를 높였다.

"어! 금방 나갈게."

'아까 확 죽어 버렸어야 했는데.' 희지는 떨리는 손을 이마에 올렸다.

'아니야. 이러지 않기로 했잖아.'

희지는 고개를 젓히고 손부채질로 눈물을 말렸다. 머릿속으로는 빅토피아의 풍경을 필사적으로 떠올렸다. 그곳에서 느꼈던 편안함이 간절히 필요했다. 자신에게는 빅토피아가 있으니까 괜찮다고, 얼른 그곳으로 도망가 버리면 그만이라고 희지는 생각했다. 얼마나 지났을까……. 이윽고 희지에게 고요가 찾아왔다. 희지는 두 손으로 깍지를 끼었다.

"아이 러브 마이셀프, 아이 러브 마이셀프……."

희지는 원피스를 미사포처럼 뒤집어쓴 채, 기도문을 외우듯 사랑을 되뇌고 또 되뇌었다.

✦ 비포의 세계에서 ✦

희지는 갈림길에 섰다. 오른쪽 골목으로 가면 다경과 적당히 웃고 떠들며 집에 갈 수 있지만, 40분은 돌아가야 한다. 이대로 대로변을 따라 쭉 직진하면 돌아가지 않고 집에 곧장 갈 수 있지만, 봐서는 안 될 것을 본 소라와 어색하게 20분은 걸어야 한다. 희지가 망설이는 사이, 다경은 심부름이 생겼다며 왔던 길을 돌아갔다. 희지는 혀로 입술을 축였다.

"엄희지, 넌 탕후루 어떤 거 좋아해?"

소라가 물끄러미 희지를 바라보고 있었다. 탈의실 커튼을 열어젖히던 소라의 표정이 불쑥 떠올랐지만, 희지는 애써 태연한 척 탕후루 가게의 메뉴판을 훑어보았다.

"나는 딸기. 제일 많이 팔리는 데는 이유가 있는 것 같아."

소라가 먼저 말했다.

"맞아. 나도 그거 좋아해."

희지가 빠르게 맞장구쳤다. 사실 희지는 탕후루를 먹어 본 적이 없었다. 탕후루는 길거리 음식이었으니까. 떡꼬치든 핫도그든 솜사탕이든 희지는 거리에서 파는 음식을 입에 대지 않았다. 자신을 지나쳐 가는 사람들의 시선을 견딜 자신이 없어서였다. 경멸이나 동정처럼 의도가 뚜렷한 타인의 시선도 힘들었지만, 희지가 가장 두려워하는 것은 따로 있었다. 다른 사람이 자신을 어떻게 평가할지 가늠하는 자신의 목소리였다.

"내가 사 줄까?"

소라가 물었다. 짧은 순간, 희지는 고민에 빠졌다.

'안 먹겠다고 하면 소라가 내 의중을 알아채고 나를 지질하게 생각할까? 먹겠다고 들고 다니면 사람들이 쳐다볼 텐데.'

희지가 망설이는 사이, 소라는 이미 무인 결제 단말기에 체크카드를 넣고 있었다. 희지는 땀에 젖은 두 손을 치마 앞섶에 문질렀다.

소라는 희지와 걷는 내내 수다스레 재잘거렸다. 소라가

이야기를 마치고 탕후루를 입에 물면, 희지가 이러쿵저러쿵 맞장구를 치는 식이었다. 희지의 머릿속은 속옷 차림의 우스꽝스러운 제 모습으로 가득했지만, 희지는 긴장의 끈을 놓지 않았다. 어쩌면 치부를 들킨 사람이 다경이 아닌 소라라 다행인지도 모르겠다고 생각하면서.

석 달 전 교실에 처음으로 들어서던 순간, 희지는 맨 앞자리에 앉아 있는 소라에게서 눈을 떼지 못했다. 소라는 유명하지 않은 한국 소설가의 단편집을 쌓아 놓고 읽고 있었다. 희지는 그 모습에 묘한 동질감을 느꼈다. '저렇게까지 문학을 깊이 좋아하다니.' 에세이를 탐독하는 희지에게는 문학을 좋아하는 사람은 꽤 불행하고, 자기를 사랑하기 위해 애써 노력해야만 하는 부류일 거라는 일종의 편견이 있었다.

희지는 소라와 가까워지고 싶었다. 주파수가 맞는 사람과 친구가 된다면 얼마나 좋을까. 그러나 쉽게 단념할 수밖에 없었다.

학기 초, 서로를 치열하게 탐색하던 아이들이 무리를 짓고 나면 누구에게도 선택받지 못한 아이들이 잔반처럼 생겨났다. 그리고 그런 아이들이 희지에게 찾아왔다. 희지는 자신이 교실의 잔반 처리기나 마찬가지라고 생각했다.

그런 희지에게 소라가 먼저 다가온 것은 뜻밖의 일이었다. 시작은 책이었다. 소라 역시 희지가 읽고 있던 책에 관심을 가졌다. 둘은 취향을 주고받으며 서서히 가까워졌다. 희지는 아무런 목적과 의도 없이 누군가 자신을 선택한 데에는 분명 함정이 있을 거라고 경계했다. 잔반 처리기 주제에 함부로 친구를 기대하면 안 된다고, 나의 진짜 친구들은 빅토피아에 있으니까 그걸로 만족하면 된다고 스스로를 다그치기도 했다.

그런데도 소라는 희지를 자꾸만 기대하게 했다. 한때 친구라고 믿었던 아이들과는 달랐다. 좋아하는 연예인이 마약을 해 탈덕을 결심하거나, 중간고사 OMR 카드에 마킹을 밀렸을 때처럼 불행한 순간에만 희지를 찾지 않았다. 기쁜 날이든 슬픈 날이든 열받는 날이든, 변함없이 시시콜콜한 일상을 나누었다. 그렇게 석 달이 흘렀다. 그제야 희지는 소라가 빅토피아 바깥의 유일한 친구일지도 모르겠다고 생각했다.

두 사람은 어느새 아파트 단지 앞에 다다랐다. 소라와 희지는 같은 아파트의 옆 동에 살고 있었다. 학기 초, 둘을 엮어 준 또 하나의 반가운 공통점이기도 했다.

"희지야."

소라가 놀이터 앞에서 문득 걸음을 멈추었다. 희지가 소라에게 고개를 돌렸다.

"네가 뭘 걱정하고 있는지 알아."

희지는 동공이 커진 눈을 빠르게 깜빡거렸다.

"나는 다 잊었어. 그러니까 걱정 안 해도 돼."

희지의 얼굴이 순식간에 달아올랐다. 소라는 잠자코 희지의 반응을 살폈다. 희지는 시럽이 녹아 끈적이는 탕후루 꼬치를 만지작거렸다.

'너를 믿어도 될까?'

희지는 자신이 또 다른 갈림길에 서 있다고 느꼈다. 어디로 가야 안전한지 확신할 수 없는 관계의 갈림길. 16년이나 살았지만, 매번 그 길 앞에서 막막해졌다. 이번에도 마찬가지였다.

"야, 걱정하지 말라니까 왜 울고 그래?"

희지의 뺨에서 눈물이 흘러내렸다. 소라가 가방에서 허둥지둥 티슈를 찾았다. 희지는 알 수 없는 안도와 불안에 휩싸여 한참을 울며 서 있다 겨우 입을 열었다.

아무에게나 말할 수 없는 진실을 오랫동안 품고 살다 보면, 그 진실이 제 발로 입 밖에 뛰쳐나올 때가 있다. 질식할 것 같아서, 숨 좀 쉬고 싶어서 진실은 제 나름대로 기회가 보이는 순간을 놓치지 않는다. 그렇게 튀어나온 진실을 한바탕 쏟아 놓고 나면 분위기는 대개 숙연해지기 마련이다. 순도 낮은 진실이라면 수습이 가능하지만, 그 이상의 진실이라면 모두가 곤란해지는 걸 피하기 어렵다. 희지는 지금이 그때라는 것을 알았다.

이윽고 희지가 입을 다물었을 때, 소라는 바닥으로 시선을 내려뜨렸다. 소라에게는 쉽사리 대답할 수 없는 이야기였다. 사교성이 좋지는 않지만 없지도 않은 소라의 입장에서 타인이 불쑥 고백한 치부는 대개 감정의 거래를 요청하는 신호와 다름없었다. 불행을 등가 교환해 한층 깊은 관계로 나아가자는 제안. 그럴 때는 보통 상대방과 비슷한 정도의 불행을 공유하면 그만이었다. 적당히 서로를 이해하고 위로할 수 있는 불행이라면 소라에게도 두세 개쯤은 있었다. 지금껏 절친이라고 부를 만한 친구들과는 부모의 불화나 자매를 향한 열등감 따위의 불행을 교환해 왔으니까.

희지의 불행은 범주부터 순도까지 모두 달랐다. 외모 콤플렉스에 시달리지 않는 또래를 본 적은 없지만, 불행을 등가 교환하는 자리에서 희지를 상대로 꺼내기에는 애교에 지나지 않는 투정일 뿐이었다. 키 160센티미터에 몸무게 55킬로그램인 소라는 '정상 체중'인데도 스스로 뚱뚱하다고 믿었다. 옷 태가 나려면 45킬로그램은 되어야 한다고 생각하기도 했다. 어쩌면 희지 앞에서 무신경하게 다이어트를 운운했을지도 몰랐다.

"괜한 소리를 했지? 미안해."

희지가 머쓱한 듯 웃었다. 소라는 과장되게 손을 내젓고는 희지의 눈치를 살피며 말했다.

"희지야, 나는 네가 자신감을 가졌으면 좋겠어."

'자신감?'

희지는 속으로 되물었다.

'내가 왜 자신감을 가져야 하지? 지하상가에서 옷을 사지 못한 것은 자신감이 부족해서가 아니라, 나한테 맞는 사이즈가 없어서였잖아.'

희지는 소라 손에 들린 쇼핑백을 흘긋 보았다. 거기

에는 손바닥만 한 치마와 스타킹이 담겨 있었다. 옷 가게에서 '프리 사이즈'로 판매한 옷들이었다.

소라는 계속해서 희지에게 나름의 위로를 건넸다. 죄책감이 들어서였다. 희지를 울린 세상의 일부가 자신이었음을 알았으니까. 솔직히 눈앞의 희지를 보고 묘한 우월감을 느낀 적이 없지도 않았다. 입 밖으로 그 감정을 꺼내지만 않으면 그만이라고 생각했지만, 자기도 모르는 새 우쭐한 표정을 지었을지 몰랐다. 소라는 희지의 눈을 똑바로 바라보지 못했다.

희지는 소라가 자신에게 상처 주지 않기 위해 신중히 말을 고르고 있다고 생각했다. 하지만 소라가 말을 보탤수록 희지의 얼굴은 어두워졌다.

"있잖아……, 내가 진짜 걱정되어서 하는 말인데……."

소라는 희지를 걱정한다고 말했지만, 희지의 눈에는 그렇게 보이지 않았다. 소라는 소라 자신을 걱정하고 있었다. 뚱뚱해지면 안 된다고, 그런 미래는 이렇게 비참할 수밖에 없다고 스스로 되뇌는 것 같았다.

"다이어트하는 게 좋을 것 같아."

희지는 헛웃음을 흘렸다. 소라 역시 결국 선을 긋고

말았다. '너랑 나는 다른 사람' 이라는 선.

절대 넘을 수 없고, 넘어서도 안 되는 선이 둘 사이에 있었다는 것을, 희지는 새삼스레 깨달았다. 아무래도 희지는 소라가 두려워하는 미래가 분명했다.

집으로 들어오자마자 희지는 냉수를 들이켰다. 식탁 위에 노란색 포스트잇이 붙은 한약 한 포가 놓여 있었다.

우리 딸, 오늘도 파이팅♡

희지의 부모가 주문한 다이어트 한약이었다. 한약을 먹은 지 반년이 지났는데도 살이 빠지지 않는다며 한약재를 추가해 달였다고 했다. 희지는 가위로 한약의 귀퉁이를 잘라 싱크대로 가져갔다. 검은 액체를 꼴꼴꼴 하수구에 흘려보냈다. 고약한 냄새가 싱크대에 퍼졌다.

희지는 이것도 사랑이라고 생각했다. 하나뿐인 딸이 '건강' 하기만을 바란다는 부모의 말을 믿기도 했다. 하지만 유감스럽게도 감사한 마음은 들지 않았다. 부모가 사랑한다는 딸이 자기는 아닌 것 같았다. 부모는 살이 찌기 전, 작고 예쁜 과거의 딸을 돌려받고 싶어 하는 것 같았다.

희지는 편의점에서 사 온 불닭볶음면과 참치마요 삼각김밥을 먹었다. 후식은 말차크림빵이었다. 인기가 많아 품귀 상태였는데 운 좋게 하나 남은 것을 건졌다. 희지는 말차크림빵을 크게 한 입 베어 물고, 크림이 가득 찬 빵의 단면을 사진 찍었다. 그리고 단톡방 '핑크루'에 사진을 공유했다.

대박! 인생 크림빵이야! 완전 강추!

얼마 지나지 않아 눈이 반짝반짝 빛나는 이모티콘과 '초절정 갈망!'이라고 적힌 어느 연예인 짤이 연달아 올라왔다.

백설기

님들 근데 언제 들어옴? 지각비 올려도 됨?

겨울방학

ㄴㄴ 금방 들어간다.

닉네임 먼지, 그러니까 희지도 금방 가겠다고 대답했다.

메타버스 빅토피아의 수많은 크루 중 하나인 핑크루는 '핑크를 좋아하는 10대 크루'의 준말이었다. 일종의 가상 세계 동호회인 셈이다. 이들은 현실에서는 모바일 메신저로 소통하지만, 메타버스에서는 얼굴을 맞대고 만났다. 그것이 빅토피아의 규칙이었다.

그때, 메시지 알림음이 사이렌처럼 울렸다.

곽소라

희지야, 링크 봐 봐. 자기 전에 이것만 따라 하면 된대. :-)

희지는 소라가 보낸 링크를 눌러 보았다. 고강도 운동을 하는 날씬한 여성의 유튜브 영상이었다. 영상 끝부분에는 뚱뚱했던 여성이 반쪽이 되어 헐렁거리는 청바지 허리춤을 붙들고 있는 사진이 나왔다.

희지는 답장하지 않고 핸드폰을 책상 위에 엎어 놓았다. 희지는 비포가 아니라 애프터의 세계에 살고 싶었다. 자기가 변해야만 하는 존재라는 것을 자꾸만 상기시키는 목소리가 듣기 싫었다. 자신을 있는 그대로 바라봐 줄 사람들 곁에 있고 싶었다. 여기는 그곳이 될 수 없었다.

희지는 책상 서랍에서 VR 운동화를 꺼냈다. 진짜 친구들을 만나러 갈 시간이었다.

✦ 애프터의 세계로 ✦

'날씬한 사람은 가입 금지인 메타버스라니.'

반년 전 빅토피아를 처음 알게 되었을 때, 희지는 반신반의했다. BMI, 그러니까 체질량 지수를 기준으로 비만이 아니면 엄격히 가입을 제한한다는 빅토피아의 운영 방침이 거짓말인 것만 같았다. 그건 그렇다 쳐도 이용자의 신체를 그대로 스캔해 현실과 똑같이 비만한 아바타를 써야 한다는 것 또한 납득이 가지 않았다.

'가입을 하라는 거야, 말라는 거야.'

도대체 어떤 비만인이 가상 세계에서까지 자신의 뚱뚱한 몸을 마주하고 싶겠는가. 있다고 해도 도 닦는 데 성공했거나, 눈과 귀를 막고 정신 승리한 한 줌의 사람들에 지나지 않을 것이었다.

얼마 지나지 않아 학교에서는 비만한 아이들을 '빅토피아 VIP'라고 부르는 목소리가 들렸다. 비만을 부끄러이 여기지 말자는 빅토피아의 모토와 달리, 빅토피아는 멸칭이자 낙인이 되고 말았다. 희지도 한동안 겁을 먹었다. '이런 지옥에서 유토피아라니 가당치도 않지.' 현실에서 빅토피아는 비만인의 디스토피아나 마찬가지였다.

그러나 이 또한 잠시였다. 대중이 빅토피아에 갖던 호기심은 경멸과 동정으로 이어지더니, 이내 무관심 속에 증발했다. 한 달도 채 걸리지 않은 일이었다.

희지는 안심했다. 한편 궁금하기도 했다. '내가 나여도 상처받지 않을 수 있습니다'라는 카피가 이따금 생각났다. 아이들로 북적이는 학교 복도를 걸을 때, 앞자리 여자아이의 날렵한 목덜미를 볼 때, 아이들이 삼삼오오 모여 웃음을 터뜨릴 때, 희지는 문득 떠올렸다. 나를 사랑해 주는 세계는 어떤 곳일까.

그렇게 석 달이 흐르고, 희지는 우연히 중고 거래 앱에 올라온 VR 운동화를 보았다. 판매자 '중고러버'는 운동화를 두어 번밖에 신지 않아 새것이나 다름없다고 홍보했다.

10년 전만 해도 VR 기기는 100만 원을 호가했지만, 메타버스가 상용화되며 다양한 형태와 가격대의 보급형 모델이 나왔다. 물론 프리미엄 기능을 다운로드하면 가격은 천차만별로 달라졌다.

빅토피아에 가입하려면 체성분 분석 기능이 탑재된 VR 운동화가 필요했다. 이 또한 50만 원을 호가했으나 중고러버가 돈이 급했는지 달랑 10만 원에 내놓았다.

희지는 망설임 없이 VR 운동화를 구매했다. 언젠가 이런 날이 올 줄 알았다는 듯이, 마음의 준비는 이미 다 되어 있다는 듯이 자연스럽게 거래를 요청했다.

“이거 신고 메타버스 헬스장 다니려고요.”

중고러버에게 VR 운동화 박스를 건네받으며 희지가 말했다. 은행 앱으로 계좌 이체를 하고 있는 희지에게 중고러버가 물었다.

“빅토피아는 안 갈 거예요?”

희지는 자기가 거기를 왜 가냐고 대답하며 말을 더듬었다. 이럴 때면 꼭 발가벗은 기분이 들었다. 제아무리 능숙하게 거짓말을 해도, 뚱뚱한 몸이 진실을 고스란히 보여 주고 있는 기분. 희지의 얼굴이 화끈해졌다. 동전이 짤랑거리는 송금 알림음이 울렸다. 중고러버는 제 핸드폰을 확인하고 희지에게 말했다.

“싸게 잘 산 거예요.”

말을 마친 중고러버는 눈인사를 하고 뒤돌아섰다. 희지는 멀어져 가는 중고러버를 가만히 지켜보았다.

빅토피아에 접속하려면 VR 기기를 머리에 착용하고, VR 운동화를 신어야 했다. VR 운동화에 탑재된 체성분 분석 프로그램이 자동으로 희지의 몸을 스캔했다. 분석 결과가 체질량 지수 기준 비만 이상이라야 빅토피아에 가입하고 로그인할 수 있었다.

VR 운동화에는 프리미엄 모션 캡처 장치가 내장되어 있어, 현실 공간의 제약을 뛰어넘어 자유롭게 움직일 수 있었다. 푹신한 충전재 덕분에 장시간 착용해도 발이 편안한 건 덤이었다.

처음에 희지는 현실의 자신과 모든 것이 똑같은 아바타가 창피했다. 현실과 다른 것이라고는 메탈 포장지처럼 매끄러운 피부뿐이라, 이럴 거면 피부과에 가지 뭣 하러 메타버스까지 만들었을까 의아하기도 했다. 하지만 주위를 둘러보니 자신과 다를 바 없는 체형의 사람들만 이곳에 존재하고 있었다. 날씬하지 않은 사람들, 마르지 않은 사람들……. 그들은 이곳에서 평범했고, 평온해 보였다. 현실에서 이따금 마주치는 비만인들의 무표정한 얼굴과는 달랐다. 희지는 건물 외벽 유리에 비친 자신을 보았다. 역시나 뚱뚱했다. 그런데도 마음이 달떴다.

그때부터 희지는 빅토피아가 입장을 승인해 줄 때마다 자신이 특별한 사람이 된 것만 같았다. 현실에서는 꿈도 못 꿀 일이었다. 눈치 보지 않고 주눅 들지 않은 채로 자신을 둘러싼 세계의 환대를 받는 것은 가슴 벅찬 일이었다. 그것이 가상 세계라고 해도 상관없었다. 아니, 가상 세계여야만 가능했으니, 이곳은 희지에게 더는 가상의 공간이 아니었다.

"왜 이제 왔어?"

백설기가 툴툴거렸다. 간발의 차로 먼지보다 먼저 아지트 맵에 도착한 겨울방학이 능청스럽게 말했다.

"인간적으로 10분 지각은 넘어가 줍시다."

백설기가 고개를 절레절레 저었다. 먼지는 온통 핑크

로 가득한 아지트를 둘러보았다.

"그새 벽지 바꾼 거야?"

먼지의 물음에 백설기가 의기양양하게 대답했다.

"명색이 핑크 크루인데 벽지도 핑크로 맞추는 게 멋있잖아."

백설기는 푹신한 소파에 깊숙이 기대어 앉았다. 먼지가 엄지를 치켜세웠다.

"그건 그렇고 지각비 내셔야지들."

핑크루의 총무이기도 한 백설기가 손바닥을 내밀었다. 겨울방학이 고개를 끄덕였다.

"헐! 100코인이 모자라. 30초만 딱 기다려. 지각비 벌어 올게."

겨울방학은 곧 아지트에서 사라졌다. 광고를 보러 빅토피아의 메인 포털로 이동한 것이다. 코인은 빅토피아에서 통용되는 가상 화폐인데, 30초짜리 광고를 한 번 볼 때마다 100코인을 주었다.

먼지가 허공에 대고 손가락을 튕기자 머리 위로 숫자가 떠올랐다. 한 번 더 반복하자 숫자에서 10,000코인이 차감되었다. 그와 동시에 백설기 머리 위의 숫자에서는 10,000코인이 올라갔다. 빅토피아에서는 손가락의 움직임과 뇌파를 연결해 '손가락 스냅'을 인터페이스로 활용했다. 손가락 스냅으로 이용자의 뇌파를 감지하고, 그 의도를 분석해 실시간으로 실현시키는 방식이었다.

"지각비 꽤 모았네."

"샹들리에 사려면 아직 멀었지."

백설기의 손가락 스냅과 함께 공중에 떠 있던 핑크루의 공동 계좌 잔액이 사라졌다.

빅토피아에서는 저마다의 취향과 연령대 등 다양한 공통점으로 크루를 만들 수 있었다. 특정 아이돌을 좋아하는 열성 팬 크루, 떡볶이를 좋아하는 10대 크루, 크리스천 크루, 패션 마니아 크루, 30대 직장인 크루, 배우 지망생 크루……. 가입 후 두 달 내내 혼자 메타버스를 누볐던 먼지는 그들이 부러웠다.

현실 세계에서는 무엇을 어떻게 해도 결국 '뚱뚱한 애'로 살 수밖에 없었다. 그러니 메타버스에서만큼은 누구에게도 정의 내려지지 않고 평가받지 않는, 그냥 희지이고 싶었다. 왜 살이 찌게 되었는지 사람들 앞에서 고해성사

하지 않아도 되고, 불쌍한 척 변명하거나 위악적인 거짓 말을 하지 않아도 되는 세계. 그곳이 빅토피아라고 기대했으니까.

희지에게 친구가 생긴 것은 석 달 전의 일이었다. 놀이공원 맵에서 롤러코스터를 기다리고 있는데, 희지 눈앞에 자신과 똑같은 핑크 리본 머리핀을 한 두 소녀가 보였다. 촌스럽다는 이유로 판매율이 저조해 빅토피아 공식 몰에서 가격을 80퍼센트나 할인한 머리핀 아이템이었다. 세 사람은 덕분에 서로를 한눈에 알아볼 수 있었다.

마침 동행도 없던 차, 백설기의 주도로 세 사람은 대관람차에 함께 탔다. 셋은 핑크를 좋아한다는 이유로 긴 시간 수다를 떨었다. 각자 소장하고 있는 분홍빛 아이템을 보여 주며 자기 취향을 수줍게 자랑했고, MBTI를 공유하며 서로의 성격을 유추했다. 그사이 대관람차는 일곱 바퀴를 돌았다. 핑크루가 결성된 첫날의 일이었다.

“신상 게임 앱 광고였는데 장난 아니더라. 결제할 뻔.”

겨울방학이 호들갑을 떨며 나타나 먼지와 같은 방법으로 지각비를 이체했다.

먼지는 백설기 건너편 1인용 소파에 앉아 등받이의 각도를 조절했다. 의자에 앉을 때 엉덩이가 좁아서 불편하거나 의자 다리가 부러지는 걸 염려할 필요가 없어 편안했다. 빅토피아에서는 가구를 포함한 모든 것이 거대했다. 꼭 거인들이 사는 나라에 와 있는 것처럼.

셋이 만든 맵의 이름은 핑크루 아지트, 줄여서 '핑아지'였다. 셋은 매일 정해진 시간에 핑아지에 모여 하루 일과를 떠들었고, 인기 많은 맵에 놀러 가 인증 숏도 찍었다.

며칠 전에는 수련회 맵에 접속했다. 희지는 그날을 오랫동안 잊지 못할 거라고 예감했다.

"여러분, 수련회의 꽃 '촛불 의식'을 거행하겠습니다."

운동장 바닥에 앉아 있던 겨울방학이 벌떡 일어났다. 백설기는 쭈그려 앉은 채였다. 먼지는 앉아야 하나 서 있어야 하나 눈치를 보다 어정쩡하게 섰다. 겨울방학이 손가락 스냅을 하자, 굵다란 양초가 겨울방학의 손에 들렸다. 환한 불빛이 일렁이며 겨울방학의 얼굴에 그림자를 만들었다.

"지금 이 초가, 그…… 뭐더라?"

"희생!"

백설기가 외쳤다. 겨울방학이 고개를 끄덕이고는 능청스레 말을 이었다.

"지금 이 초가 우리를 위해, 자신을 불태우며 희생하고 있습니다."

먼지가 웃음을 터뜨렸다. 겨울방학이 엄숙한 표정을 짓자, 백설기마저 웃어 버렸다.

"그럼 약식으로 진행하겠습니다. 이따 피자 배달이 와서 서둘러야 합니다."

먼지는 입술을 안으로 말아 넣으며 웃음을 참았다. 겨울방학이 손가락 스냅을 하자, 먼지와 백설기의 손에도 양초가 쥐어졌다. 백설기가 그제야 자리에서 일어났다. 먼지는 백설기 뒤로 가서 줄을 섰다. 둘은 차례대로 겨울방학의 촛불에 심지를 가져다 대고 불을 옮겨 붙였다. 백설기가 촛불을 유심히 보더니 손가락 스냅을 했다. 세 사람의 초가 핑크빛으로 환하게 타올랐다. 셋은 서로를 보며 웃었다.

"핑크를 좋아하는 우리 핑크루 멤버 중에서도 가장 핑크에 미친 자, 백설기 님께서 먼저 자기 소망을 이야기해 보시죠."

백설기가 씩 웃었다.

"저의 소망은요……. 지구 평화, 그리고……."

겨울방학이 미간을 찌푸렸다. 백설기는 작게 한숨을 내뱉고 덧붙였다.

"다시 테니스를 치는 거예요."

먼지와 겨울방학이 일제히 백설기를 보았다. 백설기는 어깨를 으쓱이며 말했다.

"사실 나 바깥에서는 테니스 선수걸랑. 지금은 무릎 수술받고 병원 신세지만."

두 사람의 표정에 근심이 어리자, 백설기가 제자리에서 방방 뛰었다.

"괜찮아. 여기 와서 답답한 거 다 풀고 있어. 몸도 잘 회복하고 있고. 분위기 왜 이래. 빨리 다음 차례!"

겨울방학이 기다렸다는 듯 입을 열었다.

"저는 언젠가 제 이름을 내건 패션 브랜드를 만들 거예요. 압구정에 겁나 큰 매장도 열 거고요. 무지몽매한 인간들에게 진정한 프리사이즈가 무엇인지 보여 줄 거예요!"

백설기가 고개를 마구 끄덕였다.

"제발 좀 그래 주세요. 느슨해진 패션 업계에 기강 좀 잡아 줘요."

겨울방학이 눈을 반짝이며 먼지를 보았다. 먼지는 마른침을 삼켰다.

"저는요…… 초등학생 때부터 교실에서 1년에 한 번씩은 꼭 울었거든요. 한 번이면 적은 편이었죠. 왜 울었냐면……."

먼지가 한참을 망설였다. 먼지의 머릿속에 여러 기억이 빠르게 스쳤다. 백설기가 말했다.

"이유 같은 거, 말 안 해도 돼요."

겨울방학이 한 손으로 먼지의 어깨를 토닥여 주었다.

"그럼요, 그럼요."

모두 말없이 손에 쥔 초만 들여다보았다. 먼지는 침묵이 편안한 적이 처음이었다. 자의든 타의든 자신의 약한 모습을 누군가의 앞에서 드러냈을 때면 무거운 침묵이 찾아왔고, 그때마다 먼지는 수치심에 시달렸다. '내가 왜 그랬을까', 후회의 목소리만 머릿속을 가득 울렸다. 하지만 지금은 달랐다.

"우리 앞에서 울었으니까, 올해는 안 울겠네!"

겨울방학이 장난스레 말했다. 먼지의 뺨에서 눈물이 흐르고 있었다. 백설기가 엄지로 먼지의 눈물을 닦아 주었다. 백설기가 말했다.

"먼지는 내가 달래 줄게. 넌 얼른 피자나 먹으러 가."

겨울방학이 먼지의 어깨에 팔을 기댔다.

"에어프라이어에 데워 먹으면 되거든요."

한참 후, 먼지의 울음이 잦아들었다. 세 사람은 촛불 의식을 마무리 짓기 위해 나란히 섰다.

"이 불꽃은 지금 당장 꺼지지만, 우리 내면의 불꽃은……."

백설기가 질색하며 겨울방학의 말을 잘랐다.

"넌 말이 너무 길어. 먼지야, 네가 정리해."

먼지가 퉁퉁 부은 눈으로 웃었다. 작년 학교 수련회 때와는 달리, 핑크루 수련회에서는 소속감이 느껴졌다. 어쩌면 셋은 체형이라는 공통점 너머의 다른 무언가로 깊이 연결되어 있을지 몰랐다. 무슨 말을 해야 할까 말을 고르던 먼지는, 이 순간 굳이 말이 필요 없다는 것을 깨달았다. 먼지는 두 사람을 갈마보며 외쳤다.

"하나, 둘, 셋!"

"후!"

촛불 세 개가 동시에 꺼졌다.

✦ 교실에서 가장 뚱뚱한 사람 ✦

"이거 어때? 이번에 5만 코인에 출시해 보려고 하는데, 좀 팔릴까?"

겨울방학이 손가락 스냅을 하자 순식간에 옷차림이 바뀌었다. 헐렁한 청바지와 티셔츠는 타이트한 민소매 원피스가 되었다. 겨울방학은 빅토피아에서 아이템을 만들어 판매하는 크리에이터이기도 했다. 현실에서 입어 보지 못한 화려하고 과감한 스타일의 옷을 직접 디자인하고, 빅토피아 운영진의 승인을 거쳐 판매하기도 했다. 아직 수익금은 현금화가 가능한 10만 코인에 한참 미치지 못했지만, 겨울방학은 이 재미로 빅토피아에 접속했다.

"비싸다."

백설기의 단답에, 먼지가 겨울방학의 눈치를 살피며 말했다.

"옷이 몸에 꼭 달라붙어서 조금 부담스럽기는 해."

겨울방학은 샐쭉 토라졌다. 먼지는 머리를 긁적이며, 옷은 예쁜데 내가 보수적이라 못 받아들이는 것뿐이라고 위로 아닌 위로를 건넸다. 겨울방학은 익숙하다는 듯 어깨를 으쓱거렸다.

"나도 알아. 옷이 문제가 아니라, 내 몸이 별로인 거잖아."

한참 동안 옷매무새를 이리저리 만져 보던 겨울방학이 양손으로 울퉁불퉁한 옆구리를 움켜쥐었다.

"여기에 살이 쪄서 태가 안 사는 거야. 다른 모델들은 살이 쪄도 예쁘게만 찌던데, 나는……."

겨울방학이 한숨을 뱉었다. 보다 못한 백설기가 버럭 목소리를 높였다.

"야, 그만해! 여기에서까지 그러고 싶냐?"

겨울방학은 소파에 털썩 주저앉아 말했다.

"아바타 보정 좀 풀어 주지. 참 융통성이 없어, 사업한다는 사람들이."

백설기가 이맛살을 찌푸렸다. 빅토피아 서버는 이용

자들의 요청으로 조금씩 업데이트되었지만 외모 동기화라는 콘셉트는 고정된 채 변하지 않았다. 현실의 신체와 모든 것이 그대로 연동되어 있으니 현실의 몸이 달라져야 가상 세계의 몸도 달라졌다. 일부 이용자들이 아바타 관련 민원을 제기했지만, 빅토피아 운영진은 현실과 똑같은 아바타가 이곳의 정체성이니 그것만큼은 업데이트가 어렵다고 공지하기도 했다. 먼지는 어두운 얼굴로 겨울방학을 보았다.

'세상이 바뀌어도 내가 그대로라면, 제아무리 유토피아라 해도 아무 소용없는 것이 아닐까.'

백설기도 못마땅한지 팔을 엇걸고 바닥을 노려보고 있었다.

어쩌면 빅토피아는 비만인의 유토피아가 아니라 우리의 모순된 욕망이 뒤엉킨 세계일지도 모르겠다고, 희지는 생각했다.

다음날 조회 시간, 담임이 체력 평가와 신체검사 날짜를 통보했다. 연례행사였지만 날짜가 확정된 순간부터 희지의 불안은 너울대기 시작했다.

'올해도 내가 제일 뚱뚱하네.'

희지는 반 아이들을 훑어보고 새삼스러운 절망에 사로잡혔다.

100킬로그램이 넘는 아이는 성별을 떠나 존재 자체가 드물었지만, 희지는 새 학년에 올라갈 때마다 반에서 가장 뚱뚱한 사람이 자신이 아니기를 간절히 빌었다. 간절함이 통했는지 작년에는 덩치 큰 여자아이와 같은 반이 되었고, 데면데면한 사이임에도 그 아이에게 내적 친밀감을 강하게 느꼈다. 하지만 올해는 희지가 심적으로 기댈 사람이 단 한 명도 없었다.

심지어 가만히 있던 소라까지 희지의 마음을 들쑤셨다. 희지가 자기 눈앞에서 울고 난 이후, 모종의 책임감이 생겼는지 소라는 희지를 과하게 지켜 주려 들었다. 다이어트 이야기가 나오거나, 아이돌의 마른 몸을 찬양하는 등 '몸'이 화제가 되면 소라는 반사적으로 아무 말이나 늘어놓았다.

"오! 그런데 있잖아…… 너희 스컹크 방귀 냄새 맡아 봤어? 내가 어렸을 때 동물원에 갔었는데 말이야……."

"아, 맞다! 음…… 너희 김치찌개에 참치 넣는 게 좋아, 돼지고기 넣는 게 좋아? 나는 참치가 더 좋더라. 왜

인지 알아……?"

다경이 원래 나누던 이야기로 돌아가려 해도 소라는 막무가내였다. 다경은 소라가 없는 사이 희지를 복도로 데리고 나가, 소라가 요즘 이상한데 뭐 아는 것 없냐고 묻기도 했다. 다경은 다가올 기말고사에 대한 두려움이 사람을 돌아 버리게 만든 것은 아닐까 유추했다.

"우리 신체검사도 얼마 안 남았는데, 주말에 무제한 뷔페 갈래? 거기서 왕창 먹고 월요일부터 다 같이 다이어트 하자. 군것질 못 하게 우리끼리 서로를 감시하는 거야."

다경이 의욕에 차서 말했다. 희지는 저도 모르게 소라의 눈치를 살폈다. 희지의 눈치를 살피기는 소라도 마찬가지였다.

"거기 엄청 비싸고, 메뉴도 부실해서 돈 아깝대. 가지 말자."

소라의 말에 다경이 눈을 동그랗게 떴다.

"그래? 내 동생이 어제 갔었는데, 태어나서 가 본 뷔페 중에 최고였다던데?"

대화의 주제를 빨리 바꾸고 싶었던 희지가 입을 열었다.

"오! 그 정도야? 그럼 언제 한번 가 보자. 근데 너희 어제…….”

“안 돼! 살쪄!”

갑자기 소라가 꽥 소리쳤다. 쉬는 시간이었음에도 교실에 정적이 흘렀다. 아이들의 시선이 일제히 소라와 희지에게로 향했다. 누군가 풉, 웃음을 터뜨렸다. 소라의 얼굴이 새빨개졌다.

“아니, 그게 아니라…….”

소라가 말을 얼버무리자, 희지의 얼굴도 덩달아 붉어졌다. 다경이 희지를 보며 어깨를 으쓱거렸다.

“하긴. 그럼 소라, 너랑 나 둘이서만 갈까? 나 진짜 가 보고 싶단 말이야.”

소라가 도리질 치는데도 다경은 아랑곳하지 않고 희지에게 물었다.

“그래도 괜찮지?”

희지가 응, 대답하고는 바닥으로 시선을 떨어뜨렸다. 그날 밤, 희지는 그 상황을 끊임없이 반추하느라 잠을 설쳤다.

상황이 이렇다 보니 희지는 빅토피아에도 접속하고 싶지 않았다. 안 그래도 심란한데, 옷 태 때문에 스트레

스받는 겨울방학을 보면 희지도 힘들어졌다. 그저 마음이 불편해지는 정도가 아니라, 희지는 상처받았다. 자기혐오는 자신뿐만 아니라 비슷한 타인까지 불행하게 만들었다. 자신과 조금이라도 연결된 사람일수록 불행은 더 깊숙한 곳에 생채기를 냈다. 희지는 수련회 맵에서 두 친구와 함께 보낸 밤을 떠올렸다. 그때 느꼈던 소속감은, 자기를 사랑하지 못하는 사람들의 공동체라는 데서 비롯된 것일지도 몰랐다. 물론 과체중에 불과한 백설기가 동의할지는 모를 일이었다.

백설기

먼지 너 잠수 너무 오래 타는 거 아니냐?

겨울방학

우리 페인트볼 맵 가기로 했잖아. ㅠㅠ 나 페인트볼 맵 패션도 다 준비해 놨단 말이야. 먼지 네가 내 핏 좀 봐 줘. 백설기는 못 믿겠어. 매번 건성으로 대답하잖아.

희지는 단톡방을 골똘히 보다가 결심했다. 당분간 빅토피아 계정을 휴면 계정으로 바꾸어야겠다고. 현실 세계든 가상 세계든 사람들로 북적이는 건 마찬가지라,

어차피 마음 다치는 일은 어디에서든 똑같이 일어났다.

희지는 자신이 빅토피아에도 어울리지 않는 사람이라는 생각이 들었다. 빅토피아의 모토대로 '아이 러브 마이셀프'를 한다고 애는 썼는데, 쉽지 않았다. 여전히 자신의 세 자릿수 몸무게가 두려웠고, 사람들이 미웠다. 뱁새가 황새 따라가면 가랑이 찢어진다는 속담처럼 사람이 평생 안 하던 대로 살려다 보니 마음에 과부하가 걸리고 만 걸지도 몰랐다. 희지는 핑크루 단톡방을 열고 메시지를 입력했다.

얘들아, 있잖아…… 사실 나…….

백설기

헐 대박이다! 레전드 이벤트 공지 떴어! 먼지 당장 들어와!

겨울방학

빅토피아 간만에 일 좀 했네. 핑크루 완전체로 이벤트 들이박자!

희지는 하던 말을 멈추고 빅토피아 공식 홈페이지에 접속했다. 팝업으로 뜬 공지 사항을 보고 희지의 동공이 커다래졌다.

먼지는 빅토피아에 접속하자마자 메인 포털에 입장했다. 메인 포털은 수많은 아바타로 인산인해를 이루었다. 이곳은 빅토피아의 입구이자 아바타가 가장 많이 모일 수 있는 광장이었다.

광장 중앙에 작은 무대가 구름처럼 떠 있었다. 먼지와 비슷한 체형의 여성 아바타가 캐주얼한 정장 차림으로 신기술을 설명 중이었다. 백설기와 겨울방학이 무대 근처에서 먼지를 향해 손을 흔들었다. 먼지는 사람들을 겨우겨우 뚫고 지나가 두 사람 곁에 섰다.

"이제야 들어오냐!"

"오랜만이다, 진짜."

백설기가 먼지를 장난스레 흘겨보았고, 겨울방학이

먼지에게 팔짱을 꼈다. 두 사람의 환대에 먼지도 웃음이 나왔다.

무대 뒤에는 거대한 전광판이 있었다. 먼지는 전광판에 보이는 여성을 가리켰다.

“저 사람이 대표야?”

백설기가 대답했다.

“무슨 부장이라고 그러던데. 하여간 높은 사람이야.”

겨울방학이 나지막하게 말했다.

“여기 대표는 무대 공포증이 있대. 아바타여도 사람들 무서운 건 똑같은 거지.”

먼지는 말없이 고개를 끄덕였다. 빅토피아의 대표가 어떤 사람인지는 베일에 싸여 있었다. 대표는 익명을 보장받기 위해 자신의 아바타를 밝히지 않겠다고 공표한 바 있었다. 대표도 어지간히 사회성이 떨어지는 모양이었다.

‘하긴 그러니까 이런 말도 안 되는 메타버스를 만들었겠지.’

먼지는 전광판을 올려다보았다.

“이제 질의응답 시간으로 넘어가겠습니다. 질문이

있는 분은 손가락 스냅으로 머리 위에 아이콘을 띄워 주세요."

여자의 말이 끝나기 무섭게 여기저기에서 다채로운 아이콘이 나타났다. 사과, 별, 하트, 꽃 같은 아이콘이 아바타들의 머리 위에서 반짝거렸다. 여자가 손가락 스냅을 치자, 머리 위에 하트가 떠 있는 소녀가 공중으로 훌쩍 떠올랐다. 초등학교 고학년으로 보였다. 사람들이 소녀를 우러러보았다. 여자는 손가락 스냅으로 소녀의 손에 마이크를 쥐여 주었다.

"안녕하세요? 저는 돌하르방이라고 합니다."

소녀의 목소리가 떨리자, 사람들이 격려의 의미로 손뼉을 쳐 주었다. 소녀가 수줍게 말을 이었다.

"여기 계신 모든 분이 궁금해하실 거라고 생각하는데요. '언리미티드 테이스트 테크놀로지'가 정말 가능한 기술이라면, 빅토피아의 취지랑 다르게 남용될 수 있지 않을까요? 메타버스에서 맛만 느끼고, 바깥 현실에서 아무것도 안 먹으면 쉽게 살을 뺄 수 있잖아요. 관련한 대응 방안이 있는지 궁금합니다."

사람들이 웅성거렸다. 백설기도 말을 보탰다.

"안 그래도 벌써 SNS에 체질량 지수 조작하는 법, 빅토피아 가입 뚫는 법, 이런 글들이 올라오더라."

겨울방학이 피식 웃음을 흘렸다.

"가진 것들이 더한다니까. 우리 무시할 때는 언제고, 인제 와서 꼽사리 끼겠다고 안달이야."

메타버스는 다양한 현실 감각을 재현해 냈지만, 주로 시각과 청각에 치우쳐 있었다. 여러 연구소와 기업에서 실험적인 시도를 계속했음에도 미각을 구현하는 데 성공한 곳은 없었다. 그렇게 모두가 불가능하다고 결론 내린 VR 미각 동기화 시스템을, '동방'의 작은 나라, 그 안에서도 스타트업 기업인 빅토피아가 개발해 내리라고는 누구도 예상하지 못했다.

대중은 다시 빅토피아를 입에 올리기 시작했다. 데이터로만 존재했던, 실제로 감각할 수는 없던 가상 세계의 음식을 드디어 맛볼 수 있다고, 업계에 혁명이 일어났다고 호들갑을 떨었다. 물론, 이 놀라운 기술은 누구나 자유롭게 누릴 수 있는 것이 아니었다.

"3천만 원이 똥값도 아니고, 저걸 다이어트용으로 살 사람이 얼마나 있겠냐?"

백설기가 볼멘소리를 했다. 그랬다. 이 신기술은 가격마저 혁명이었다. '언리미티드 테이스트 테크놀로지', 줄여서 '언리밋 테테크'는 3천만 원을 지급해야 다운로드할 수 있는 슈퍼 프리미엄 서비스였다. 3천만 원을 똥값으로 여기지 않는 이용자들이 이 서비스를 무료로 얻을 기회는 단 한 번뿐이었다. 빅토피아에서 개최하는 프로모션 이벤트에서 1등을 차지하는 것.

"설기야."

먼지가 시선을 전광판에 고정한 채 백설기를 불렀다.

"너는 날씬해지고 싶지 않아?"

백설기와 겨울방학이 잠자코 먼지를 보았다.

"날씬한 몸이 간절한 사람한테 3천만 원은 똥값일 거야."

직원의 마이크에서 잡음이 들렸다. 아바타들이 눈살을 찌푸리며 귀를 막았다. 직원은 기다렸다는 듯 돌하르방의 질문에 유려하게 대답했다. 어렵고 복잡한 전문용어들이 난무했지만, 결론은 이랬다.

"우리 빅토피아는 날씬한 사람들로부터 비만인의 권리를 반드시 지켜 낼 것입니다."

겨울방학이 눈을 가늘게 떴다.

"저게 뭔 소리야?"

백설기도 생각에 잠겨 입술을 오므렸다.

언리밋 테테크는 빅토피아의 특허 기술로 오로지 빅토피아에서만 서비스되었다. 그러니 공식적으로 날씬한 사람들은 언리밋 테테크를 이용할 수 없었다. 빅토피아는 언리밋 테테크를 비만인의 권리와 등치시켜, 날씬한 사람들을 비만인의 적으로 표적화했다. 일종의 노이즈 마케팅이었다.

"그냥 미각 동기화만 하는 건데, 무슨 권리씩이나. 너무 앞서 나가는 거 아니야?"

겨울방학이 어깨를 으쓱였다. 먼지가 나지막이 말했다.

"그래도 갖고 싶다."

백설기와 겨울방학이 일제히 먼지에게 시선을 옮겼다.

"신체검사 얼마 안 남았는데……."

먼지가 전광판을 뚫어져라 쳐다보았다. 언리밋 테테크 로고 이미지가 전광판에서 눈부시게 반짝거렸다.

결국 핑크루는 전원 이벤트에 참여하기로 했다. 우승

상품인 언리밋 테테크는 단 한 명에게만 수여되었지만, 힘을 합쳐 셋 중 누구라도 수여자가 되자고 합의했다. 백설기는 프리미엄을 붙여 테테크를 되팔 셈이었다. 겨울방학은 수여자가 되면 인기 아바타가 될 거라 장담했다. 그러면 자신이 런칭한 의상 아이템이 불티나게 팔릴 것이고, 자신은 스타 디자이너로 인정받게 될 거라 자신했다.

희지는 망설였다. 희지가 빅토피아에 온 건 날씬해지기 위해서가 아니라, 자신을 지키기 위해서였다. 희지에게 빅토피아는 날씬한 세계가 침범할 수 없는 철옹성이나 마찬가지였다. 그런 철옹성에 언리밋 테테크라는 균열이 생겼다.

희지는 균열을 엿보았다. 새삼스러울 것도 없이, 차별과 혐오가 난무하는 세계가 보였다. 그 세계의 일원들은 대체로 날씬했고, 저마다 짊어진 삶의 무게로 고통스러워했다.

희지는 웃었다.

기꺼이 감당하고 싶은 고통이었다. 고통이 아무리 끔찍하게 자신을 짓누르더라도, 그 세계의 일원이 된다면 아무래도 상관없을 것 같았다. 어디에 있든 어차피 짊어져야 할 삶의 무게라면, 적어도 자기 몸무게만큼은 덜어 내고 싶었다.

프로모션 이벤트는 당장 이번주 토요일에 진행된다고 했다. 이벤트 공고일 기준으로 한 달 전까지 빅토피아에 가입한 사람들만 이벤트에 참여할 수 있었다. 빅토피아가 야심차게 준비한 이번 이벤트는 명품 브랜드와 글로벌 식품 기업 등이 후원사로 참여했다. 이 이벤트만을 위해 새로 개발한 스페셜 맵도 대중의 이목을 집중시켰다.

총 3라운드의 게임에서 가장 높은 점수를 기록한 단 한 명의 참가자만이 언리밋 테테크를 차지할 수 있었다. 희지는 그 주인공이 자신이 되어야 한다고 믿었다. 불공평한 세상에서 희지가 인생을 바꿀 수 있는 유일한 기회였으므로.

✦ 결전의 날 ✦

이벤트 참가자 모집 직후, 빅토피아 운영진은 특단의 조치를 취했다. 빅토피아 가입자 중에서도 체질량 지수 30 이상의 고도 비만 참가자들만 이벤트에 참여할 수 있도록 자격을 제한한 것이다. 신청자 수가 예상을 훨씬 웃돌아, 스페셜 맵에 접속할 수 있는 동시 인원수를 초과했다는 것이 운영진의 해명이었다.

“살이 덜 쪄서 아쉬운 건 처음이네.”

백설기가 말했다. 백설기의 체질량 지수는 24였다.

“배부른 소리! 난 네가 부러운데?”

체질량 지수 35인 겨울방학은 너끈히 이벤트에 참여하게 된 것이 불명예인 양 툴툴거렸다. 체질량 지수 40인 먼지는 평소라면 둘의 말다툼을 중재했을 테지만, 지금은 마음의 여유가 없었다. 우승 상품으로 언리밋 테테크를 다운로드해 식이 조절을 시작하면 3주 후인 신체검사 때까지 몇 킬로그램을 뺄 수 있을지 계산하느라 바빴다.

"암튼 이 언니가 응원해 줄 테니까, 둘 중 누구라도 1등 하면 한턱내야 한다!"

백설기의 말에 먼지는 어깨를 쫙 펴고 입술을 꾹 다물었다.

이윽고 결전의 날이 밝았다. 이벤트에 참여하지는 않지만 실시간으로 게임 과정을 지켜보려는 빅토피아 이용자들로 메인 포털이 북적였다. 광장에 거대한 점수판과 생중계 화면이 생성되었다. 점수판은 참가자의 성과가 실시간으로 업데이트되는 시스템이었다. 거기에는 1라운드 참가자 252명의 이름이 나열되어 있었다. 500여 명의 고도 비만 참가자 중, 절반 가까이 되는 사람들이 1라운드 직전에 출전을 포기했다.

'모든 참가자는 게임 참여 시 자신의 초상권 및 기억 노출에 관한 동의서에 서명해야 합니다.'

절반의 이용자들은 참가자 동의서의 해당 조항에 동의할 수 없었다. 겨울방학 또한 '기억 노출'이라는 문구가 찜찜했지만, 자신은 부끄럽게 살아온 적 없다며 서류에 서명했다. 서류를 앞에 두고 희지는 자신의 과거를 빠르게 반추해 보았다. 어떤 기억이 대중에게 노출될지는 몰라도, 게임 이후 삶이 달라질 수만 있다면 무엇이든 견딜 수 있을 것 같았다. 희지는 기꺼운 마음으로 서명했다.

참가자 동의서로 일대 소란이 인 이후, 스페셜 맵에 252명의 참가자가 모였다. 그 와중에 스무 명의 참가자가 제때 접속하지 않아 실격 처리되었다. 먼지가 희미하게 미소 짓자, 겨울방학이 먼지를 슬쩍 보았다.

게임 시작 시간이 되자 연회장처럼 화려한 배경이 순식간에 어둠 속으로 사라졌다. 사방이 암막 커튼을 드리운 듯 깜깜했다. 아바타들이 웅성거렸다.

"언리밋 테테크 프로모션 이벤트에 참가하신 여러분, 반갑습니다. 저는 이벤트의 진행을 맡은 게임 매니저 벌꿀파이입니다."

아바타들이 어둠 속에서 두리번거리자 벌꿀파이가 말을 이었다.

"저는 오직 목소리로만 이 시간을 함께합니다. 게임 진행 중 돌발 상황 발생 시, 손가락 스냅으로 사이렌을 울려 주세요. 안전 요원이 즉시 출동할 예정입니다. 자, 그럼 이제 1라운드를 시작해 볼까요?"

아바타들이 바닥에서 둥실 떠올랐다. 중심을 잡지 못하고 허우적거리는 아바타들이 속출했다. 곧이어 어둠 속에서 환한 빛이 보이더니, 참가자들 발밑으로 거대한 땅덩어리가 나타났다. 땅은 짙은 회색 모래로 이루어져 있었다. 달 표면이었다.

가로등이 켜지듯 까마득한 곳에서부터 별빛이 하나하나 반짝이기 시작했다. 먼지는 닿지 않는다는 것을 알면서도 손을 뻗어 보았다. 별은 아득히 멀리서 먼지를 지켜볼 뿐이었다.

"1라운드 게임의 이름은 '무중력 런웨이에서 살아남기' 입니다."

아바타들의 의상 아이템이 일순 바뀌었다. 먼지는 화들짝 놀라 민소매 티셔츠 때문에 드러난 양팔을 잽싸게 감싸안았다. 모든 아바타의 의상은 원피스, 바지, 투피스 등 종류가 제각각이었지만, 누가 봐도 한눈에 알 만큼 브랜드 로고가 자수로 크게 새겨져 있었다. 겨울방학이 휘둥그레진 눈으로 말했다.

"대박이다! 이거 명품 'M' 이잖아!"

"여러분은 'M' 이 세계 최초로 메타버스에서 선보이는 빅토피아 메타버스 컬렉션에 모델로 초청되었습니다."

곳곳에서 탄성이 터졌다. 벌꿀파이는 1라운드가 M사의 후원으로 제작되었다며 깊은 감사를 전했다. 먼지는 주위를 두리번거렸다. 공중에 떠 있는 비만한 아바타들 모두 현실 세계에서라면 쳐다도 안 볼 화려한 색상과 아방가르드한 디자인의 옷을 입고 있었다. 먼지는 움츠린 어깨를 펴고 벌꿀파이의 목소리에 귀 기울였다.

"이제 무중력 런웨이를 시작합니다. 자신에게 주어진 트랙 안에서 멋지게 워킹해 주세요. 런웨이는 이 행성을 한 바퀴 돌아, 다시 제자리로 돌아오는 코스입니다. 여러분의 생각보다 런웨이는 길고 험난할 것입니다. 우리네 인생처럼 말입니다. 하하! 빠른 속도로 완주하는 열 명에게는 가산점 300점이 주어지지만, 늦더라도 끝까지 완주하는 열 명에게 또한 가산점 150점을 드립니다. 절대로 자신의 런웨이를 벗어나지 마세요. 그때마다 기본 스코어 500점에서 미터당 마이너스 10점씩 차감됩니다. 여러분, 명심하세요. 2라운드로 올라갈 참가자는 단 서른 명입니다. 그럼 건투를 빕니다."

벌꿀파이의 말이 끝나기 무섭게, 우주 가득히 일렉트로닉 음악이 울려 퍼졌다. 각 아바타의 발밑으로 딱 자기 가슴너비만 한 투명 트랙이 나타났다. 런웨이라기보다 육상 경기장처럼 보였다. 아바타들은 우왕좌왕하더니 이내 앞을 향해 허우적대기 시작했다. 먼지가 넋을 놓고 있자, 옆에 서 있던 겨울방학이 먼지를 불렀다. 겨울방학은 비트를 따라 고개를 까딱거리며 앞서 나가는 아바타들을 가리켰다. 먼지의 눈에 좁은 런웨이 공중에서 중심을 잡기 위해 고군분투하는 아바타들의 뒷모습이 보였다.

"다이어트도 안 했는데 패션모델로 데뷔하는 날이 올 줄이야! 그것도 명품 컬렉션을 다 입고! 먼지야, 잘 봐. 네 친구가 얼마나 워킹을 잘하는지. 가자!"

잔뜩 신이 난 겨울방학이 허리에 손을 얹고 출발했다. 뒤뚱거리고는 있지만 당당하고 근사한 워킹이었다. 먼지는 두 손으로 뺨을 두드린 뒤 겨울방학을 뒤따랐다. 거대한 점수판이 홀로그램으로 공중에 나타났다. 벌써 실시간으로 점수가 더해지거나 차감되고 있었다. 먼지는 심호흡했다.

✦ 궁지에 몰린 아바타 ✦

먼지는 꿈틀거리며 런웨이를 나아갔다. 자신이 의외로 균형 감각 있다는 것에 살짝 놀란 채였다. 런웨이는 다채롭게 구성되어 있었다. 크레이터를 따라 곡선으로 이루어진 길목, 낭떠러지 같은 비탈길과 화산 구간, 미세먼지로 눈앞이 하얘지는 구간…….

중간중간 장애물도 있었다. 달고나로 만든 기다란 터널이나, 마시멜로로 만든 부드러운 허들, 불꽃이 활활 타오르는 도넛 링……. 장애물을 통과할 때에도 가산점이 붙었다. 먼지는 끈적이는 달고나 터널을 중간쯤 통과하다 결심했다. 늦더라도 끝까지 완주해 가산점 150점을 얻어야겠다고. 출발이 남들보다 늦기도 했지만, 서두르다 실수로 점수를 깎이느니 긴 제한 시간 안에 완주하는 편이 본인에게 유리하다는 판단이었다.

한참을 조심조심 나아가던 먼지는 어느새 중간 지점에 다다랐다. 점수판을 올려다보니 참가자들의 점수는 시시각각 변화하고 있었고, 대체로 감점당하는 중이었다. 먼지처럼 500점 그대로를 유지하고 있는 사람은 많지 않았다. 먼지는 이마에 송골송골 맺힌 식은땀을 닦았다.

신중히 크레이터 옆길을 지나가던 먼지는 문득 멈추어 섰다. 크레이터 저 깊은 바닥에 누군가가 언뜻 보였다. 먼지는 손가락 스냅으로 망원경을 불러왔다. 망원경으로 보니 웬 금발의 여자 아바타가 넋을 놓고 있었다. 먼지는 손가락 스냅으로 아바타의 정보를 확인해 보았다. 닉네임은 라젤, 데이터 생성 날짜가 빅토피아의 창립일이었다. 고인 물 중의 고인 물이 틀림없었다.

"저기요, 먼지 님! 저 좀 구해 주세요!"

라젤이 망원경 쥔 손을 흔들며 소리쳤다. 어느새 라젤 역시 먼지의 정보를 확인해 닉네임을 알아낸 것이다. 먼지는 고개를 들어 점수판 옆의 상황판을 보았다. 참가자들의 위치가 점점이 표시되어 있었다. 안 그래도 게임 시작 후 얼마 되지 않아 누군가 외따로 떨어져 있어 의아하던 차였다.

"제발요! 저 아직 실격 안 당했어요!"

라젤이 간절히 외쳤다. 라젤의 말마따나 라젤은 자신의 런웨이에 서 있었다. 참가자마다 런웨이가 이리저리 다른 방향으로 꺾여 있었는데, 하필이면 라젤의 런웨이가 크레이터 안쪽으로 향해 있던 것이다. 런웨이는 크레이터 아래에서 위로 빠져나오게끔 표시되어 있었지만, 비탈이 너무 가팔랐다. 라젤이 통과해야 할 여러 장애물 중 하나가 크레이터에서 빠져나오는 것인 듯했다.

'하필이면 저런 장애물이 걸리다니, 지지리 운도 없지.'

먼지는 머리를 긁적였다. 라젤을 구하려면 정해진 런웨이를 벗어나야 했다. 영락없는 감점이었다.

'구하다가 내 점수 다 깎이겠다. 탈락할 거 뻔히 알면서 도움을 요청하다니, 너무 이기적인 거 아니야?'

먼지는 눈을 질끈 감고 고개를 돌렸다. 그리고 자기 앞에 펼쳐진 런웨이로 조심조심 나아갔다. 라젤은 멀어져 가는 먼지를 보며 잘 먹고 잘 살라고 고래고래 소리 질렀다. 먼지는 조금씩 앞으로 이동하다 불현듯 멈췄다.

'아니야. 오죽하면 저렇겠어. 운이 없는 게 저 사람 탓은 아니잖아.'

먼지는 손톱을 잘근잘근 씹었다. 그리고 가만히 숨을 고른 후 자신에게 말했다. 네가 구해야 할 사람은 라젤이 아니라, 바로 너라고. 110킬로그램 엄희지의 인생이 지금 너에게 달려 있다고.

"사람 살려!"

라젤이 한 번 더 비명을 질렀다. 먼지의 관자놀이가 씰룩거렸다. 어린 시절, 아이들의 괴롭힘으로 벽장에 갇혀 있다 구조되었던 기억이 떠올랐다. 먼지에게 라젤의 상황은 남 일이 될 수 없었다. 내가 있는 곳이 알고 보니 깊은 구덩이 속이었고 그곳에서 빠져나갈 방법이 전혀 없다는 자각이 든 순간, 사람들에게 완전히 버림받았다는 걸 깨닫는 순간이 얼마나 두려운지 먼지는 잘 알았다. 먼지가 그러했듯 라젤도 크레이터 구덩이 속에서 섬뜩한 외로움에 절여지고 있을 것 같았다.

먼지는 뒤를 돌아 라젤이 있는 크레이터로 향했다. 먼지가 움직일 때마다 점수판에 뜬 먼지의 점수가 빠르게 내려갔다.

'망할. 어떻게든 되겠지.'

먼지는 엉거주춤 크레이터의 비탈을 내려가다 슬로 모션으로 굴러떨어지고 말았다. 쓰러진 먼지 위로 그림자가 드리워졌다.

"먼지 님?"

먼지가 힘겹게 눈을 떴다. 소매가 동그랗게 부푼 드레스 차림의 금발 라젤이 보였다. 먼지는 쓰러진 채, 모래와 먼지투성이인 제 몸뚱이를 보았다. 팔다리에 긁힌 자국이 생겼다. 먼지는 낑낑거리며 손가락을 튕겼다. 곧 굵고 질긴 밧줄이 똬리를 튼 채 두 사람 앞에 나타났다. 먼지가 쓴웃음을 짓고는 말했다.

"이걸로 어떻게든 해 볼까요?"

라젤은 밧줄과 크레이터 너머를 갈마보더니 말했다.

"여기에서 이걸로요?"

먼지가 멀뚱히 눈을 끔뻑거렸다.

"못 살아, 정말. 저 위에 있는 바위에라도 묶어 놓고 내려왔어야죠."

라젤이 못 말린다는 눈초리로 먼지를 보았다. 먼지가 허탈하게 웃다 조심스레 말했다.

"저기요, 그런데……."

라젤이 쭈그려 앉아 먼지의 얼굴로 귀를 가져다 댔다.

"라젤이…… 무슨 뜻이에요?"

잠깐의 정적 후, 라젤이 말했다.

"라면이 젤 좋아."

먼지가 풉, 웃음을 터뜨렸다.

"라면 너무 맛있죠. 저는 먼지예요. 별 뜻은…… 없고요."

누군가는 자신을 스스로 쓰레기라 여기고, 누군가는 투명 인간, 등골 브레이커 등등의 말로 자신을 깎아내렸다. 희지의 경우, 자신을 먼지라 여겼다. 오랫동안 청소하지 않아 방구석에 시커멓게 쌓인 먼지 뭉텅이가 꼭 자기 같았다. 희지는 자신의 닉네임으로 먼지가 딱 맞는다고 생각했다.

"어머, 우리 집 고양이 이름도 먼지인데! 반가워요."

라젤이 씩 웃었다. 먼지도 미소 지었지만, 눈언저리가 쌜룩거렸다.

"아이고, 얼굴에 경련까지……. 얼른 가죠, 우리."

라젤이 먼지를 일으키려 팔을 뻗었다.

"저한테 부스터 슈즈가 한 켤레 있거든요. 그거 착용하면 감점은 되더라도 실격은 안 될 거예요."

먼지가 손가락 스냅을 하려고 하자, 라젤이 막았다.

"그럼 먼지 님은요? 한 켤레밖에 없다면서요."

먼지는 고개를 가로저으며 점수판을 가리켰다.

"전 어차피 빵점 되었어요. 각오하고 내려온 거니까 괜찮아요."

라젤이 먼지를 가만히 보다 따지듯 말했다.

"괜찮긴 뭐가 괜찮아요! 먼지 님이 무슨 유니세프예요? 월드비전이라도 되냐고요."

라젤은 도리질을 치고 말을 이었다.

"배려가 아주 몸에 배어 있네. 아주 그냥 습관이야. 진짜 제일 싫어."

머쓱해진 먼지가 라젤의 눈치를 살폈다. 라젤은 콧김을 뿜었다.

"있죠, 그거 배려 아니에요. 포기예요. 먼지 님은 방금 자기를 포기해 버린 거라고요. 양보 좀 하지 말아요. 우리 같은 사람들은 자기 밥그릇을 더 악착같이 챙겨야 한다니까! 휴……."

라젤이 고개를 들어 점수판을 흘겨보았다. 먼지는 씁쓸하게 웃었다.

"그러게요. 저는 왜 이 모양일까요……."

"아오! 그만, 그만! 지겨운 자기혐오. 자기혐오 할 때마다 벌금 부과했으면 빅토피아는 아주 돈방석에 앉았을 거야."

먼지는 풀 죽은 얼굴로 고개를 떨어뜨렸다.

"됐고, 그냥 같이 가요. 어차피 먼지 님이 이 라운드 1등이니까."

"무슨 말도 안 되는 소리를……."

미간을 찌푸린 채 점수판을 올려다보던 먼지의 눈이 휘둥그레졌다. 과연 라젤의 말이 맞았다. 1등은 먼지였다.

어느새 먼지는 우주에서 연회장으로 돌아온 스페셜 맵의 한가운데 섰다. 아바타들이 먼지를 둘러싼 채 손뼉 치고 휘파람을 불었다. 벌꿀파이가 말했다.

"먼지 님, 축하드립니다. 총점 770점. 2등과 190점 차이로 1라운드의 우승자가 되었습니다!"

먼지가 멍한 상태로 주위를 둘러보았다. 여기가 꿈속

인지, 메타버스인지 분간이 되지 않았다.

"1라운드 우승 소감 부탁드립니다."

벌꿀파이의 말과 함께, 먼지의 손에 마이크가 쥐어졌다.

"아니, 근데, 진짜…… 제가 왜 우승이죠?"

먼지는 어리둥절했다. 분명 라젤을 구한다고 점수고 뭐고 내팽개친 채 크레이터에 갔고, 거기에서 라젤한테 옴팡지게 혼쭐난 게 전부였는데.

"먼지 님은 가산점 1,500점짜리 장애물을 통과했거든요."

라젤이 양손으로 꽃받침을 하며 나타났다. 흠칫 놀란 먼지의 눈썹이 치켜 올라갔다.

"네, 맞습니다! 행운의 1,500점짜리 장애물이 바로 '궁지에 몰린 아바타 구출하기'였거든요. 자, 그럼 소감은 생략하고 먼지 님의 활약을 확인해 볼까요?"

벌꿀파이의 말이 끝나자, 먼지 뒤로 거대한 상황판이 나타났다.

먼지가 라젤을 발견한 때부터 영상은 시작되었다. 라젤의 정보를 찾아보고 라젤을 두고 갈까 말까 망설이는 모든 순간이 찍혀 있었다.

“아이고, 얼굴에 경련까지……. 얼른 가죠, 우리.”

이윽고 라젤이 먼지에게 팔을 뻗는 순간, 영상은 종료되고 주변이 암전되었다. 아바타들이 웅성거렸다.

“게임 중에 라젤 본 적 있어요? 보였어야 구하든 말든 할 거 아니야.”

“저도 저 크레이터 앞에 지나갔거든요. 아무것도 안 보이던데? 뭐지?”

아바타들의 목소리는 곧 박수 세례에 묻혀 버렸다.

“네, 잘 보았습니다. 먼지 님의 따뜻한 마음이야말로 빅토피아를 상징하는 핵심이라고 할 수 있죠! 우리 빅토피아는 서로가 서로를 구하는 다정한 세계이지 않습니까!”

벌꿀파이의 말이 끝나자 라젤이 눈알을 굴리면서 한숨을 내쉬었다. 라젤 옆에 있던 아바타가 미간을 찌푸리며 라젤에게 눈치를 주었다.

“자, 수고해 주신 게임 매니저 라젤 님께도 박수 부탁드립니다!”

벌꿀파이의 말과 함께 라젤이 차림새를 바꾸었다.

'GM' 이라고 적힌 모자에 스웨트셔츠, 청바지 차림이었다. 라젤은 씩 웃으며 모자를 벗어 아바타들에게 인사했다. 머리색 역시 평범한 검은 머리로 바뀌어 있었다.

"역시 게임 매니저는 쥐도 새도 모르게 우리 곁에 항상 존재하고 있었어. 먼지 너 솔직히 저 사람 GM인 거 알고 있었지?"

어느 틈에 나타난 겨울방학이 턱을 괴고 라젤을 보고 있었다. 먼지가 아니라고 대답하자, 겨울방학이 말을 이었다.

"그렇겠지. 하여간 바깥에서는 벌써 난리인가 봐. 무슨 게임을 권선징악으로 뭉개냐고."

겨울방학의 입술이 뾰로통해져 튀어나왔다. 먼지는 겨울방학의 말에 뼈가 있다고 느꼈다. 겨울방학은 콧잔등을 꾹꾹 누르며 말했다.

"난 M사 홍보 대사나 노려야겠다. 먼지, 끝까지 살아남아 핑크루의 저력을 보여 줘!"

먼지는 겨울방학이 내민 손을 맞잡았다. 겨울방학은 씩 웃더니 스페셜 맵에서 사라졌다.

"서른 명의 생존자 여러분, 1라운드 통과를 축하드립

니다. 이제 대망의 2라운드를 시작하겠습니다. 분위기를 바꿔서 2라운드는 공포 게임으로 준비했습니다. 이름하여 '무제한 공포 뷔페에서 살아남기'. 이 게임은 글로벌 식품 기업 '헝그리'에서 후원했습니다."

물감이 번지듯 헝그리의 로고가 아바타들의 의상 한쪽에 나타났다. 몇몇 아바타들의 얼굴이 새하얗게 질렸다. 먼지는 아랫입술을 잘근잘근 깨물었다.

"먼지 님, 쫄았어요?"

어느새 옆자리에 나타난 라젤이 먼지를 팔꿈치로 툭 쳤다. 먼지는 한 걸음 물러나 몸을 움츠렸다. 라젤이 속삭였다.

"2라운드, 무섭긴커녕 완전 재미있을 거예요. 내가 장담해요. 도파민이 아주 펑펑 터질 테니까."

✦ 서른세 번째 좀비 ✦

맵이 또다시 배경을 바꾸었다. 이번에는 뷔페가 차려진 운동장만 한 레스토랑이었다. 디귿 자로 설치된 개방형 주방에서 요리사 NPC*들이 분주히 움직이고 있었고, 그 앞을 둘러싼 대리석 식탁 위에 먹음직스러운 음식들이 종류별로 나열되어 있었다.

"이게 무슨 공포 게임이야?"

아바타들이 웅성거렸다. 먼지는 김이 모락모락 피어오르는 맥앤치즈를 보며 입맛을 다시다 눈꺼풀을 비볐다. 자세히 보니 마카로니처럼 생긴 구더기가 꿈틀거리고 있었다.

---

* 논플레이어 캐릭터(non-player character). 게임에서 사람이 직접 조작하지 않는, 프로그래밍된 캐릭터.

"여러분이 계신 이곳은 '헝그리 메타버스 레스토랑 빅토피아 분점' 입니다. 빅토피아에서 단독으로 선출시한 시즌 신메뉴가 여러분 눈앞에 펼쳐져 있습니다. 어떤가요? 먹음직스럽지 않나요? 하하!"

기다렸다는 듯 어디에서인가 쿵쾅대는 소리가 들렸다. 아바타들이 깜짝 놀라 주위를 두리번거렸다.

"하지만 아쉽게도 이 음식의 주인은 여러분이 아닙니다. 바로 저들이지요!"

끼이익, 하고 문 열리는 소리가 들렸다.

"우에에엑!"

"키야아아옥!"

좀비였다. 그것도 한둘이 아니라 떼거리였다. 아바타들이 일제히 경악했다.

"네! 이 레스토랑의 이름은 '좀뷔페' 입니다. 보시는 바와 같이 말입니다."

먼지는 입을 떡 벌렸다. 좀비들이 테이블 위의 음식으로 허겁지겁 달려들었다. 뷔페는 순식간에 아수라장이 되어 버렸다.

"제한 시간 30분 안에 좀비를 가장 많이 죽인 단 세

명의 참가자가 3라운드 진출자로 결정됩니다. 참, 좀비의 얼굴은 여러분 모두에게 각각 다르게 보이도록 AR 기술로 설계했습니다. 특수 AI가 자신만의 기준으로 여러분의 기억 속에서 좀비에게 입힐 얼굴을 선별했다는 점 알려드리면서, 저는 이만 물러가겠습니다. 건투를 빕니다!"

벌꿀파이의 말이 끝나자, 평화로운 클래식이 배경 음악으로 깔렸다. 먼지는 기괴한 풍경을 침착하게 지켜보았다. 어느 틈에 로그아웃했는지 눈에 익던 아바타 몇이 도망가고 없었다. 남은 아바타들은 무기를 찾겠다고 식탁을 넘어 주방으로 들어갔다. 저마다 국자니 중식도니 프라이팬이니 묵직한 무기를 골라 들었다. 주방을 이리저리 돌아보던 먼지는 아바타들의 비명 소리가 들려오자 서둘러 주방에서 뛰쳐나왔다.

"으악! 왜 하필이면 당신이 좀비인 거야!"

한 참가자가 자신에게 다가오는 좀비를 가위로 위협했다. 느닷없이 나타난 라젤이 난장판 속에서 손나팔을 하고 물었다.

"해피바이러스 님, 좀비가 누구길래 그래요?"

"전남편이요! 이 망할 놈이 내 앞길을 또 망치려 들어?"

라젤의 눈이 반짝거렸다. 게임 매니저라더니 생중계로 시청하고 있을 사람들의 흥미를 돋우려고 나선 모양이었다. 그렇게 라젤은 참가자들을 쫓아다니며 당신 앞의 좀비가 누구로 보이냐고, 그 사람과 어떤 관계였냐고 캐물었다. 참가자들은 라젤을 성가셔했지만, 라젤이 게임 매니저인 만큼 무슨 콩고물이 떨어질지 몰라 제법 성의 있게 대답해 주었다.

왕뚜껑은 좀비가 돌아가신 엄마라고 소리 질렀다. 엄마는 비만이었고, 자기를 닮아 살이 찐 왕뚜껑을 혐오했다고 했다. 로렐라이의 좀비는 고3 때 담임 선생님이었다. 로렐라이는 친구들 앞에서 자기 몸을 품평하며 모욕한 그를 이번 기회에 작살내 버릴 거라고 했다. 먼지는 눈앞에서 가위로 난도질당하는 로렐라이의 좀비를 보았다. 공교롭게도 먼지에게는 그 좀비가 낯익은 소년 A로 보였다. 초등학생 때 집요하게 자신을 조롱하던 남자아이였다. 로렐라이의 고3 담임이자 먼지에게는 소년 A인 좀비의 상처에서 누런 양송이 수프가 흘러내렸다.

"젠장! 이제 양송이 수프는 못 먹겠네."

누군가 눈살을 찌푸리며 말했다. 먼지는 좀비의 상처 틈에서 알록달록한 줄줄이 사탕이 비어져 나오는 것을 보았다. 먼지가 헛웃음을 뱉었다. 라젤의 언질이 무슨 뜻인지 알 것 같았다. 먼지는 구더기가 들끓는 카르보나라 파스타 접시를 바닥으로 집어 던지고, 그 자리에 올라갔다. 위에서 내려다보니 장내는 장관이었다.

테이블은 좀비들이 밀치고 쏟은 음식들로 난장판이었고, 바닥은 온갖 음식물로 뒤덮여 있었다. 한 좀비는 고개를 기울여 진흙이 섞인 초콜릿 분수에 혀를 날름거렸다. 또 다른 좀비는 와플 기계에 손이 끼어 비명을 지르더니, 와플 모양으로 짓눌린 손에 곰팡이 핀 생크림을 치덕치덕 문댔다. 하나같이 먼지가 미워한 사람들이었다.

뚱뚱한 매니저와 깡마른 아이돌을 비교하며 망신을 준 연예인 B 좀비가 한 참가자에게 프라이팬으로 머리를 가격당하고 쓰러졌다. 좀비의 머리 틈에서 딸기잼이 솟구쳤다.

먼지의 얼굴에 싸늘한 미소가 번졌다.

'우리한테 복수할 기회를 준 거구나.'

게임의 실체를 깨달은 참가자들이 적극적으로 좀비를 공격하기 시작했다. 울면서 좀비의 머리통을 짓이기는 참가자도 있었고, 좀비가 케첩을 내뿜으며 쓰러지자 배를 잡고 웃는 참가자도 있었다. 아무리 죽여도 새로운 좀비가 계속해서 나타났다.

"기억을 아주 탈탈 털었구만!"

누군가 좀비의 목을 조르며 말했다. 그 말마따나 잊은 줄 알았던 수많은 과거가 참가자들을 끈질기게 따라오고 있었다.

먼지는 점수판을 올려다보았다. 제한 시간이 절반으로 줄어든 데다, 먼지의 등수가 6위까지 떨어져 있었다. 먼지는 손가락을 하나씩 뚝뚝 꺾고는 주먹을 불끈 쥐었다.

먼지가 이단 옆차기로 서른두 번째 좀비의 머리를 날렸다. 머리를 잃은 좀비의 휑한 목에서 체더치즈가 뿜어져 나왔다. 먼지는 뺨에 튄 체더치즈를 손등으로 쓱 닦아 냈다. 먼지의 몸은 딸기잼, 마라탕, 로제 소스 등 온갖 음식물로 범벅이 되어 있었다.

"제한 시간 10분 남았습니다."

벌꿀파이의 목소리가 장내에 울렸다. 먼지처럼 거지꼴을 한 참가자들이 서로를 의식하고는 괴성을 지르며 눈앞의 좀비에게 달려들었다. 어느새 먼지는 3위까지 치고 올라갔다. 1위는 인생무상이라는 키가 작은 청년이었는데, 무술을 배웠는지 맨손으로 척척 좀비의 머리를 가격했다. 인생무상이 쌍욕을 퍼부으며 쓰러뜨린 좀비의 입에서 메이플시럽이 쏟아졌다. 인생무상은 마지막 일격을 가하기 위해 주먹을 한껏 들어 올렸다. 그때였다.

"소라야!"

먼지가 소리 지르며 인생무상을 밀쳤다. 먼지는 쓰러진 좀비의 머리를 제 무릎 위에 올렸다. 보랏빛 멍으로 얼룩진 소라의 얼굴을 보며 먼지의 눈에 눈물이 차올랐다.

"먼지 님, 지금 뭐 하자는 겁니까?"

인생무상이 붉으락푸르락 달아오른 얼굴로 말했다. 먼지는 인생무상을 노려보았다.

"당신이 내 친구를 죽이려고 했잖아!"

인생무상이 턱을 높이 들어 올리고 말했다.

"저에게는 철천지원수인 학교 선배일 뿐이에요. 제 먹

잇감이니 얼른 내놓으시죠."

먼지가 어금니를 앙다물고 좀비의 얼굴을 어루만졌다.

"어머, 이게 지금 무슨 상황이죠?"

라젤이 이때를 놓치지 않고 둘 사이에 섰다. 양쪽으로 고개를 갸웃거리던 라젤에게 인생무상이 말했다.

"먼지 님이 제가 다 죽여 놓은 먹잇감을 갈취해 갔어요. 형평성에 어긋나는데, 감점 조치라도 해야 하는 것 아닙니까?"

라젤이 어깨를 으쓱이더니, 까치발을 들어 살금살금 먼지 곁으로 다가갔다.

"먼지 님께 이 좀비는 어떤 사람인가요?"

라젤이 코를 찡긋하고 물었다. 먼지가 곁눈질로 라젤을 보았다.

"제 친구예요."

라젤이 목소리를 높이며 말했다.

"이런, 이런! 먼지 님은 절친한 친구를 두려워하고 있군요!"

먼지가 눈을 부릅떴다.

"그런 거 아니라니까요! 이거 순 엉터리 아니야? 소라야, 얼른 눈 좀 떠 봐!"

먼지가 좀비를 흔들었지만, 좀비는 미동조차 없었다. 인생무상이 아래턱을 문지르며 말했다.

"저 선배 진작 죽은 것 같은데, 왜 카운트가 안 됐지?"

"제한 시간 5분 남았습니다."

벌꿀파이의 공지에, 참가자들이 일순 점수판으로 시선을 옮겼다. 기껏 3위로 올랐던 먼지는 그새 4위로 밀려나 있었다. 1위인 인생무상은 2위와 점수 차가 10점밖에 나지 않는 것을 확인하고는, 황급히 다른 좀비를 잡으러 움직였다. 라젤이 씩 웃었다.

"먼지 님, 좀비를 죽일 때마다 점수가 조금씩 다르게 책정되는 거 느꼈죠?"

먼지가 라젤을 보았다. 라젤은 말을 이었다.

"참가자의 두려움이 짙게 반영된 좀비일수록, 점수가 더 쏠쏠하겠죠? 그렇죠?"

"다들 알고 있는 거 아니에요? 뭘 그렇게 의미심장하게 말해요?"

먼지가 시큰둥하게 대답했다. 라젤이 먼지의 무릎 위에 쓰러져 있는 좀비를 슬쩍 보았다.

“먼지 님은…… 모르는 것 같길래요.”

라젤이 어깨를 흔들며 가벼운 발걸음으로 다른 참가자를 향해 뛰어갔다. 먼지가 고개를 숙였다.

“소라……야…….”

좀비가 먼지를 빤히 쳐다보고 있었다. 좀비의 멍 든 눈에서 메이플시럽이 끈적하게 흘러내렸다. 먼지가 손등으로 좀비의 시럽을 닦아 주었다.

“아니야, 소라야. 내가 널 왜 무서워해? 내가 널 얼마나 좋아하는데! 여기 진짜 웃긴다, 그렇지?”

먼지는 가만히 좀비의 얼굴을 들여다보았다. 눈물이 고여 좀비의 얼굴이 흐릿해졌다.

‘소라가 나를 두려워한다고만 생각했는데…….’

먼지는 더는 이 게임이 재미있지 않았다. 다 때려치우고 로그아웃하고 싶었다. 도망치고 싶었다. 무엇으로부터? 소라? 두려움? 과거? 상처? 그때 좀비가 먼지의 손을 덥석 움켜잡았다.

“너로부터.”

좀비가 말했다. 먼지가 눈을 빠르게 깜빡이자 눈물이 흘러내렸다. 흐릿했던 좀비가 선명하게 보였다.

좀비는 소라가 아니었다. 소라를 흉내 내는, 소라가 되고 싶은 먼지였다. 엄희지 자신이었다.

✦ 탈탈 털린 신상 ✦

2라운드의 우승자는 인생무상이었다. 2위와 단 3점 차였다. 먼지는 마지막 좀비 앞에서 그대로 굳어 버려 5위에 그치고 말았다. 인생무상이 연회장 형태로 돌아온 맵의 한가운데에서 박수 세례를 받았다.

"2라운드에서 가장 높은 점수를 기록한 인생무상 님, 축하드립니다! 소감 한 말씀 부탁드립니다!"

허공에서 알록달록한 폭죽이 터졌다. 인생무상은 눈물을 글썽이며 소감을 전했다. 몇몇은 그의 말에 코를 훌쩍이기도 했다.

"2위를 차지한 왕뚜껑 님, 4위와 단 10점 차로 3위에 오른 해피바이러스 님께도 축하의 박수 부탁드립니다! 그럼 예고해 드린 대로, 최종 우승자를 가릴 대망의

3라운드는 다음 주 토요일 저녁 8시, 이곳 스페셜 맵에서 진행하겠습니다. 많은 관심 부탁드리겠습니다. 감사합니다!"

벌꿀파이의 인사를 끝으로 스페셜 맵이 사라지며 참가자들이 메인 포털로 튕겨 나갔다. 메인 포털에 남아 있던 아바타들이 돌아온 참가자들에게 격려의 환호를 보냈다.

"먼지야!"

먼지 앞으로 겨울방학과 백설기가 달려왔다. 백설기가 먼지의 머리를 헝클어뜨렸다.

"먼지 너 1라운드에서 완전 천사던데! 나 감동했잖아."

"네가 우리 핑크루의 명예를 끝까지 지켜 줬어. 고마워."

겨울방학이 먼지의 어깨를 툭툭 두드렸다. 먼지가 애써 웃었다.

"우리 핑아지에서 뒤풀이할까?"

백설기가 눈을 빛내며 물었다. 겨울방학이 고개를 끄덕이는데, 먼지가 힘없이 대꾸했다.

"얘들아, 미안한데 나는 좀 쉬어야 할 것 같아."

백설기와 겨울방학이 뭐라 말을 꺼내려는데, 먼지가 대뜸 로그아웃해 버렸다. 두 사람은 머쓱하게 서로를 바라보았다.

희지는 VR 기기를 빼고, 침대에 누운 채 하염없이 천장만 바라보았다. 핸드폰은 핑크루 단톡방의 알림으로 끊임없이 진동했다. 희지는 모로 누워 메신저를 확인했다. 모두 먼지를 응원하는 다정한 말들이었다.

백설기

그나저나 인생무상 님 SNS 계정 벌써 털렸더라. 인간들 그거 알아서 뭘 하려고 참나.

겨울방학

왜? 난 궁금하던데. 곰 같은 남자가 내 이상형이걸랑.

백설기

웩! 난 그놈의 곰 같다는 말이 너무 싫어. 너 곰 같은 여자가 이상형이라는 사람 본 적 있어? 없지? 왜 그러겠냐.

희지는 미간을 찌푸렸다. 친구가 일생일대의 기회를 놓쳤는데, 이상형이고 뭐고 쓸데없는 이야기나 늘어놓다니. 희지가 기분을 가라앉히려 눈자위를 꾹꾹 누르는 동안에도 핸드폰은 끊임없이 진동했다. 핸드폰 전원을 끄려던 희지의 손이 멈추었다.

백설기

먼지야, 근데 있잖아…… 네 신상도 털린 것 같아. 학교, 학년, 반 이런 게 SNS에 떴어. 혹시 모르니까 확인해 봐.

겨울방학

헐! 사진 보니 맞는 것 같은디? 어떡해. ㅠㅠ 어떤 또라이 짓이야! 근데 먼지, 너 나랑 같은 황건시에 사는구나. 대박이다! 우리 다음에는 오프에서 만나자!

백설기

야, 넌 지금 그게 할 소리냐. 눈치 좀 챙겨라.

희지는 떨리는 손가락으로 백설기가 공유한 링크를 눌렀다. 30분 전 올라온 새 글이었다.

빅토피아 먼지 = 황건시 모루고 1학년 2반 엄희지

역시 얘 빅토피아 할 줄 알았음. 2라운드 좀비 게임에서 불러 대던 소라는 같은 반 곽소라임. 둘이 절친인 줄 알았는데 반전 쩌네;; 곽소라 개빡칠듯;;

인증이랍시고 희지의 사진도 하나 첨부되어 있었다. 학기 초에 찍은 반 단체 사진에서 희지의 얼굴만 확대해 놓은 이미지였다. 희지는 간담이 서늘해졌다. 같은 반에 악의를 가지고 자신을 의식하던 누군가가 있었는지 떠올려 보았지만, 딱히 생각나는 사람이 없었다. 희지는 미동도 없이 뚫어져라 그 글을 보다 핑크루 단톡방에 들어갔다.

저 사람 나 아니야. 그러니까 신경 쓸 것 없어.

백설기

그래 먼지야. 네 말이 맞겠지. 우리 신경 안 쓸게.

겨울방학

근데 먼지 너 맞지 않아? 사진이 아바타랑 완전 똑같이 생겼던데.

백설기

먼지가 아니라잖아. 근데 먼지야, 진짜 무슨 일 있는 거면 우리가 도와줄게. 알았지?

나 아니라고! 너네는 왜 맨날 내 말 무시해?
아닌 척하면서 둘이 은근히 나 무시하는 거 다 알아.

희지는 한숨을 뱉고는 계속해서 손가락을 움직였다.

내가 우리 셋 중에서 제일 뚱뚱하니까 은연중에 만만하게 본 거겠지. 내 말이 틀려?

백설기

먼지야, 너 지금 많이 흥분한 것 같아. 마음 좀 가라앉으면 다시 이야기하자.

설기 넌 잘난 척 좀 그만해. 네가 하라면 다 해야 해? 나는 뭐 생각이 없는 줄 알아?

겨울방학

먼지 너 말이 좀 지나치다.

우리 중에 제일 지나친 사람은 내가 아니라 너거든. 너 솔직히 내가 2라운드 망쳐서 고소했지? 내가 언리밋 테테크 못 받아서 안심했잖아. 아닌 척해 봤자 소용없어. 네 얼굴에 다 보이거든.

겨울방학

먼지 너 왜 갑자기 급발진하는 거야? 신상 털렸다고 정신까지 나락으로 가 버린 거 아니야?

희지는 곧장 단톡방을 나왔다. 그러고는 콧김을 내뿜으며 핸드폰을 침대 위에 내팽개쳤다.

"나 아니라고 했잖아! 말 더럽게 못 알아듣네! 핑크루고 뭐고 다 필요 없어. 다 꺼져 버려!"

그때였다. 이 순간만을 기다렸다는 듯 전화벨이 울렸다. 희지 목에 있는 핏대가 순식간에 불거졌다. '올 것이 왔구나.' 희지는 단두대 앞에 선 사형수가 된 심정이었다. '죽음 말고는 도망칠 곳이 없는 죄인 엄희지.' 희지는 한참을 망설이다 전화를 받았다.

"어, 소라야."

희지가 마른침을 삼켰다.

✦ 참회의 방 ✦

소라와 통화를 끝냈을 때, 희지의 얼굴은 눈물 콧물로 범벅이 되어 있었다.

희지는 처음에 빅토피아의 먼지는 자신이 아니라고 거짓말했다. 하지만 소라가 확신을 가지고 계속 추궁하는 바람에 어느 순간 눈물을 터뜨리고 말았다. 소라는 좀 전에 다경이로부터 영상 클립을 전해 받았다며 희지에게 링크를 하나 보냈다. '빅토피아 게임 2라운드_절친을 좀비로 만든 두 얼굴의 뚱보' 라는 제목의 영상이었다.

"나 너무 서운해, 희지야……."

소라의 토로에 희지는 벽에 기댄 채 눈물만 뚝뚝 흘렸다. 결국 소라는 아무 말이 없는 희지에게 화가 치밀어 전화를 끊어 버렸다.

'이제 나는 다 끝났어. 학교에도 빅토피아에도 내 편은 하나도 없는 거야. 끔찍하게 수치스러운 나날만 남았겠지. 빅토피아 탈퇴하고, 아예 학교 자퇴해 버릴까? 이왕 자퇴할 거면 신체검사 전에 하는 게 좋겠지? 그러고 나서 큰아빠가 이민 간 호주로 도망가 버리는 거야.'

희지는 손등으로 눈물을 닦으며 검색창에 '고1 호주 유학'을 쳤다. 그때였다. 백설기가 희지에게 메시지를 보내 왔다. 백설기는 웹 링크 하나를 공유했다.

백설기

이미 연락받았는지 모르겠지만, 혹시 몰라서 보내.

희지는 링크를 눌러 보았다. 인터넷 신문 기사였다.

빅토피아 언리밋 테테크 이벤트, BMI 조작 사건 터져

—BMI 조작 사건으로 3라운드 참가자 3인 중 1인 탈락, 추후 재추첨 예정

메타버스 빅토피아에서 진행한 '언리미티드 테이스트 테크

놀로지 프로모션 이벤트'에서 경악스러운 사건이 발생했다. 2라운드에서 1등으로 선정된 참가자 김모 씨가 BMI(체질량 지수)를 조작해 가입한 것으로 드러난 것이다.

빅토피아는 김모 씨의 회원 자격 정지를 결정하고, 2라운드에 참여했던 모든 참가자 중 한 명을 추첨하여 3라운드 참가자를 재선정할 예정이다.

빅토피아 대변인은 "공정성과 투명성은 빅토피아의 핵심 가치 중 하나다. 우리는 정직하고 투명한 메타버스를 만들고자 노력하고 있으므로, BMI 조작 행위는 엄격히 처벌될 것이다. 그러나 같은 게임을 두 번 진행하는 데 어려움이 있고, 빠른 시간 안에 사태를 공정히 수습하기 위해, 게임을 재진행하지 않고 추첨을 통해 3라운드 진출자를 가릴 예정이다. 추첨은 과학적이고 합리적인 방식으로 개발된 '양자 셔플'로 진행된다. 다시는 이와 같은 사례가 발생하지 않도록 강력한 대책을 마련할 것"이라고 밝혔다.

이번 사건으로 빅토피아는 더욱 엄격한 비만 검증 절차를 도입하고, 향후 이벤트에서의 조작을 방지하기 위한 시스템 개선에 나서기로 했다.

희지가 시계를 보았다. 게임이 끝난 지 채 세 시간도 지나지 않았는데 이런 일이 일어나다니. 빅토피아는 왜 인생무상 같은 사기꾼을 걸러 내지 못했을까. 그보다 가짜 계정까지 사용해서 우승하려고 했다니, 언리밋 테테크가 그만큼 욕심나는 기술임은 틀림없었다. 희지는 기사에 첨부된 아바타 인생무상의 모자이크된 사진을 쏘아보았다. 그리고 백설기에게 답장을 보냈다.

따로 연락 온 게 없어서 몰랐어. 고마워, 설기야.
그리고…… 아까는 내가 너무 심했지? 미안해.

백설기

그래. 알겠어. 근데…… 핑크루는 해체하는 게 좋을 것 같아. 아무래도 예전으로 돌아가기는 힘들 것 같아서.

희지는 손으로 입을 막았다.

백설기

우리가 이렇게 끝날 줄은 몰랐네. 잘 살아, 먼지야. 안녕.

백설기의 메시지를 오랫동안 들여다보던 희지는 마지막이라는 생각으로 빅토피아에 접속했다. 이번 접속을 끝으로 핑크루도 잊고, 언리밋 테테크도 잊고, 여기에서 있었던 모든 일을 잊어버리고 싶었다.

먼지는 그간 좋아했던 맵들을 순회했다. 핑크루가 처음 결성된 놀이공원 맵과 크루원들에게 처음으로 소속감을 느낄 수 있었던 수련회 맵, 아이돌 상황극을 하며 놀았던 엔터테인먼트 사옥 맵, 서로를 지목해 케이팝을 불렀던 노래방 맵, 귀신이 나오는 방 탈출 맵, 혼자 조용히 명상할 수 있었던 요가원 맵…….

"마지막 코스로는 이 맵이 딱이겠다."

먼지는 고해소 맵으로 접속했다. 고해소 맵은 고딕풍의 옛 건물로, '참회의 방'이라는 작은 방으로 들어가 자기 죄를 고백하는 일종의 종교 맵이었다. 특정 종교만의 장소가 아니라 메타버스의 모든 종교인, 심지어는 먼지 같은 무교인도 편하게 방문할 수 있었다.

먼지는 메타버스 고해소에서 죄를 고백하는 것이 좋았다. 어떤 말을 해도 사람이 아닌 사제 NPC가 정해진 멘트만 하는 터라, 친구들에게 차마 하지 못할 쩨쩨한 이야기부터 심각한 이야기까지 쉬이 말할 수 있어서였다.

부모님이 사 준 한약을 한 방울도 먹지 않고 버렸다는 것이 먼지의 첫 고백이었다. 이후 고백에 재미가 들린 먼지는 별별 이야기를 다 하게 되었다.

"학교 복도에서 저를 고깝게 쳐다보는 아이가 있었어요. 저는 그 애가 못생긴 개미핥기로 변신하는 상상을 했어요. 입만 열면 개미핥기가 되어서 친구들에게 조롱당하는 상상이요. 기분이 아주 좋았어요. 이런 저를 용서해 주세요."

"다경이가 요즘 저를 빡치게 해요. 제가 곤란해하는 걸 알면서도 자꾸 수영장에 가자고 하거든요. 소라는 제 눈치를 보는데, 다경이는 막무가내예요. 편견이 없는 건지, 생각이 없는 건지. 할 수 없이 약속 당일에 배탈이 났다고 거짓말을 했어요. 저를 거짓말쟁이로 만드는 다경이가 너무 짜증 나요. 이런 저를 용서해 주세요."

고해소 건물에 입장하면 참회의 방으로 들어가는 문 다섯 개가 나열되어 있었다. 이용자가 있으면 빨간 불로 표시되는데, 지금은 다섯 개의 방 중 네 개가 비어 있었다. 먼지는 주저 없이 비어 있는 방으로 들어갔다. 방의 한가운데는 두꺼운 벽으로 가로막혀 있었고, 그가운데에 하트 모양 창이 나 있었다. 불투명한 창에는 오로라처럼 황홀한 빛이 감돌았다. 먼지는 자리에 앉았다. 창 너머로 사제 NPC가 인사했다. NPC를 여성으로 교체했는지 목소리가 바뀌어 있었다. 먼지는 눈을 감고 두 손을 모았다.

"오늘 저의 죄는 친구들과의 관계를 망친 거예요. 가상에서도 박살 났고, 현실에서도 좀 친 것 같아요. 모두 저 때문이에요. 제가 못나게 굴어서 이렇게 되어 버렸어요. 죽고 싶어요. 이런 저를 용서해 주세요."

"먼지 님, 신께서 당신의 죄를 용서하지 않으셨습니다."

"네?"

먼지가 눈을 번쩍 떴다.

"아니, 그렇잖아요. 죽고 싶다니, 이 얼마나 목숨 귀한 줄 모르는 파렴치한 행동입니까?"

먼지는 자리에서 벌떡 일어나 떨리는 목소리로 물었다.

"누, 누구세요? 그새 NPC가 업데이트된 건가?"

"에이, NPC가 이러면 누가 여기에 비밀을 고백하러 오겠어요."

창에 감돌던 오로라가 서서히 투명해졌다. 먼지가 눈

을 가늘게 뜨고 창 너머의 사제를 보았다.

"라젤 님?"

라젤이 치아가 다 드러나도록 만면에 미소를 머금고 있었다.

✦ 라젤의 비밀 ✦

“연락은 받으셨지요?”

라젤이 물었다. 먼지가 어깨를 으쓱하자 라젤이 혀를 찼다.

“우리 사무국은 나랑 참 손발이 안 맞는단 말이지. 내가 빨리 처리해 달라고 했을 텐데.”

“그게 무슨 소리예요?”

먼지가 미심쩍은 눈초리로 라젤을 보았다. 라젤이 씩 웃으며 대답했다.

“먼지 님이 3라운드에 진출할 마지막 참가자로 결정되었거든요.”

먼지가 어리벙벙한 얼굴로 뺨을 긁적였다.

“어쩐지 미팅 시간보다 접속이 늦어서 뭔가 이상하다

고 생각했는데. 먼지 님은 아무것도 모르고 그냥 접속하신 거구나! 이것도 운명이네요."

한 시간 전, 라젤은 실무진 회의를 통해 먼지를 3라운드 최종 진출자로 선정했다고 밝혔다. 사무국에서 먼지에게 이 결정을 즉각 통보하고 라젤과 먼지의 고해소 미팅을 추진하기로 했는데, 연락이 원활하지 못했던 것이었다.

"결정이라뇨? 인생무상을 대신할 참가자는 추첨으로 뽑는다고 하지 않았어요? 아니, 그보다 왜 제가 선정된 건데요?"

먼지는 상황이 이상하게 돌아간다는 걸 느꼈지만, 비어져 나오는 미소를 숨기지 못했다.

"제 맘이거든요."

라젤이 눈썹을 꿈틀거렸다. 먼지는 라젤이 제정신이 아니라는 데 코인 전 재산을 걸 수 있을 것 같았다. 라젤은 실실 웃더니 흠흠, 헛기침했다.

"왜겠어요. 제가 여기 CEO니까요!"

먼지는 자리에서 벌떡 일어났다.

"저기요, 말 같지도 않은 소리 하실 거면 저 먼저 일어날게요.”

“아이고, 성격도 급하셔라. 자, 보세요. 회사 출입증이랑 명함이에요. 참, 주민등록증 먼저 보여 줘야겠네. 내 본명이 김근미예요.”

먼지는 주민등록증 사진과 라젤의 얼굴을 번갈아 보았다.

“완전 다른 사람인데요? 빼빼 말랐잖아요, 이 김근미라는 사람.”

“아, 진짜. 꼭 이렇게까지 해야 되나.”

라젤이 구시렁거리면서 손가락을 튕겼다. 그러자 라젤의 몸이 순식간에 깡마른 몸으로 변했다.

“자, 봐요. 완전 똑같죠?”

먼지가 입을 떡 벌렸다. 주민등록증상의 김근미와 눈앞의 라젤은 같은 인물이었다.

“맞아요. BMI만 조작하면 얼마든지 가짜 아바타를 만들 수 있거든요. 이왕 이렇게 된 거 사업자등록증까지 확인해 봐요.”

라젤은 손가락 스냅으로 빅토피아 사업자등록증을 보여 주었다. 먼지가 발갛게 상기된 얼굴로 라젤을 보았다.

“지금 뭐 하자는 거예요? 갑자기 내가 최후의 3인에 선정됐다고 하질 않나, 자기가 CEO인데 심지어 말라깽이라고 하질 않나. 이거 무슨 실험 카메라예요? 자체 콘텐츠라도 찍고 있는 거 아니냐고요?”

먼지는 카메라가 숨겨져 있는지 방 구석구석을 두리번거렸다. 라젤은 손가락 스냅과 함께 저체중 김근미에서 고도비만 라젤로 돌아왔다.

“자, 정리해 줄게요.”

라젤이 손바닥을 펼치고 엄지를 접었다.

“하나, 최후의 3인 중 한 명인 인생무상이 체질량 지수 조작에 걸려 2라운드가 말짱 도루묵이 됐다.”

먼지는 고개를 끄덕였다. 라젤이 검지를 접었다.

“둘, 빅토피아는 인생무상 때문에 기업 이미지를 한 번 깎아 먹었으니, 두 번 다시는 뒤통수 맞을 일이 없는, 신분이 확실하고 명분이 있는 이용자가 필요하게 됐다.”

먼지는 라젤을 빤히 보았다. 라젤이 중지를 접었다.

“자, 셋. 그 이용자를 빅토피아 CEO인 나 라젤이 추천했고, 그 추천자가 바로 당신 먼지 님이다. 어때요? 끝! 아주 깔끔한 브리핑이었다!"

라젤이 키득거렸다. 먼지는 가만히 생각을 정리한 뒤 입을 열었다.

"그래요. 두 번째까지는 이해하겠어요. 그런데 왜 발표한 대로 추첨을 하지 않고, 내정자를 정하는 거예요? 제가 아는 빅토피아는 엄청 윤리적이고, 정치적으로 올바른 메타버스……."

라젤이 풉, 웃음을 터뜨렸다. 먼지는 어두운 얼굴로 말을 이었다.

"그리고요, 수많은 빅토피아 이용자 중에 왜 하필 저를 내정자로 골랐는지도 이해가 안 가요. 이거 진짜 쇼하는 거 아니죠? GM이 인생무상 때문에 업무량이 늘어서 미친 게 아니고서야……."

라젤이 웃음기를 거두고 말했다.

"지난주에 먼지 님이 고해소에서 마지막으로 고백한 죄를 기억해요?"

먼지는 가슴이 철렁했다. 라젤이 자신을 꿰뚫어 보고 있는 것만 같았다. 먼지가 입을 다물고 있자, 라젤이 창을 터치해 메모장 홀로그램을 열었다. 라젤은 거기에 적힌 텍스트를 읽기 시작했다.

“부모님이 죽어 버렸으면 좋겠어요.”

먼지가 미간을 찌푸렸다.

“망할 놈의 다이어트 한약을 또 한 박스 사다 놓은 거예요. 평소처럼 그냥 넘어가면 그만인데, 감정이 도통 통제되질 않았어요. 요즈음 좀 힘들었거든요.”

라젤은 먼지를 흘긋 보고는 말을 이었다.

“부모님은 눈앞에서 제가 한약 먹는 모습을 보고 싶어 했어요. 저는 아빠가 뜯어 준 한약을 꾸역꾸역 삼키다 그 자리에서 몽땅 토해 버렸어요. 역겨워서 도저히 참을 수가 없었거든요. 고문당하는 것 같더라고요. 그래서 홧김에 말해 버렸죠. 이런 것 좀 그만 사 오라고. 지금까지 한약 한 모금도 안 먹고 다 갖다 버렸다고. 오! 먼지 님, 완전 스웩!”

먼지가 헛웃음을 뱉었다. 라젤은 계속해서 데이터를 읽었다.

“부모님은 화를 참지 못했어요. 저에게 감사한 줄 모른다고 소리 질렀죠. 이미 쏟아진 물이라고 생각하니까, 저도 브레이크 없이 막 나가게 되더라고요. 저는 말했어요. 그렇게 내가 쪽팔리면 차라리 수술을 시켜 버리라고. 지방 흡입 수술이건 뭐건 간에 위험해도 상관없으니까 내가 다 받아 주겠다고. 백날 한약 먹여 봐야 난 이대로일 거니까, 이런 나를 받아들이지 못할 거라면 시원하게 수술이나 시켜 버리라고. 그리고 싸가지 없게 덧붙였죠. '그럴 돈도 없으면서.' "

라젤이 조용히 엄지를 치켜세웠다. 먼지가 멍한 얼굴로 말했다.

"그만하세요. 다 기억하고 있으니까."

라젤이 말을 멈추고, 먼지를 보았다. 라젤은 이 상황을 또 정리해 주겠다며 손바닥을 펼치고 엄지를 접었다.

"하나, 이쯤이면 아셨겠지만, 빅토피아는 고해소 맵에 저장되는 사적인 콘텐츠를 분석해서 이용자들의 욕망과 수요를 파악하고 있어요. 서비스를 업데이트하는 근거 자료로 쓰기도 하고요."

"이보세요, 콘텐츠라니요? 이거 도청 아니에요? 불법이잖아요!"

라젤이 어깨를 으쓱였다.

"무슨 그런 무서운 말씀을. 가입할 때 계약 조항에 똑똑히 명시되어 있어요. 자, 그건 이따 확인하시고, 다음으로 넘어갈게요."

라젤이 검지를 접었다.

"둘, 저는 고해소 맵을 지켜보면서 먼지 님의 고백이 가장 흥미로웠어요. 더 솔직히 말할까요? 너무너무 맘에 들었어요. 비만인이라면 누구나 공감할 만한 수치심, 고통, 분노 같은 내밀한 감정을 먼지 님만큼 솔직하게 고백하는 이용자가 없었거든요."

먼지는 팔짱을 끼고 라젤을 보았다. 라젤이 중지를 접었다.

"셋, 그래서 저는 회사 대표의 권한으로 먼지 님을 부활시킨 데다 우승자로 점찍었어요. 사실 처음부터 제 선택은 먼지 님이었죠. 먼지 님이 2라운드에서 정신 줄만 놓지 않았으면 시나리오대로 흘러갔을 텐데. 솔직히 먼지 님도 눈치채지 않았어요? 1라운드에서 먼지 님 앞에만 보너스 기회가 나타났잖아요."

"그래서 뭐, 저보고 지금 뒷돈이라도 내놓으라는 거예요, 뭐예요?"

라젤이 웃었다.

“아니요. 돈은 저희가 드려야죠. 1킬로그램 감량할 때마다 100만 원씩 지급해 드릴게요. 그러니까 언리밋 테테크를 효율적으로 활용해서 100퍼센트 확실하게 반쪽이 되어 주셔야 해요. 한 달 뒤에 있을 성과 보고회 때, 180도 변신한 먼지 님이 꼭 필요하거든요. 아시겠지만 BMI 조작 이슈 때문에 성과 보고회는 오프라인에서 진행하기로 했어요. 얼굴은 팔리겠지만 뭐 어때요. 그때쯤이면 먼지 님도 반쪽이 되어 있을 테니, 자신감이라는 게 생기지 않겠어요?”

먼지는 빠르게 눈을 깜빡이며 자신이 지금껏 무슨 이야기를 들은 건지 헤아려 보았다.

“말도 안 돼.”

아무리 생각해도 이 모든 상황이 GM의 자체 콘텐츠 촬영이 아니고서는 말이 되지 않았다. 먼지는 느릿느릿 고개를 가로저었다. 그동안 빅토피아에서 보고 듣고 느낀 모든 것이 신기루처럼 사라져 버린 것만 같았다. 사람들은 지금도 빅토피아에서 평안을 찾고 있을 터였다. 먼지는 턱을 가슴에 파묻고 어금니를 꽉 깨물었다. 모든 것이 라젤의 손바닥 안이었다니. 라젤은 먼지의 표정을 살피더니 말했다.

"실망했어요?"

라젤은 사뭇 진지한 얼굴로 먼지를 보았다. 실망이라니. 라젤의 말이 모두 사실이라면, 빅토피아는 비만인의 유토피아는커녕 비만인을 등쳐 먹는 사기꾼 집단임이 틀림없었다.

"빅토피아가 이런 곳일 줄은 몰랐겠죠. 자라나는 청소년한테 밝고 희망찬 미래를 보여 줘야 하는데 말이죠. 하지만 먼지 님도 알고 있었잖아요. 이곳에, 정말 있는 그대로의 뚱뚱한 자신을 사랑하는 사람은 아주 아주 드물다는 걸요."

먼지는 동의할 수밖에 없었다. 자기부터 그런 사람이 아니었으니까.

"사실 저도 오랜 시간 비만이었어요. 지금 라젤 아바타보다 더, 먼지 님보다 더한 초고도 비만이었죠. 먼지 님도 잘 알겠지만, 내가 아무리 나를 좋아하려고 노력해도 세상이 나를 경멸하는데 제정신으로 버틸 수 있는 사람이 얼마나 있겠어요. 10년 전이었나. 죽으려고 아파트 옥상에 올라갔어요. 난간 위에 서서 세상을 내려다봤죠. 날씬한 사람들의 세상이라는 게, 새삼 한눈에 보이더라고요. 갑자기 열이 받았어요. 너무 화가 났죠. 내가 왜 죽어야 하지? 내가 얼마나 착하고 좋은 사람인데. 봉사활동도 많이 하고 여기저기 기부도 얼마나 많이 했는데. 지나가는 날씬하고 마른 사람들 한 트럭을 데려와도, 내가 그 사람들보다 이 세상에 이바지한 게 훨씬 많을 텐데, 왜 나만 불행해야 하지?"

먼지는 고해소의 사제 NPC라도 된 것처럼 조용히 고개만 끄덕거렸다.

"그길로 옥상에서 내려왔어요. 더럽고 치사해서 죽을 힘을 다해 살을 뺐죠. 폭식증에 거식증까지 난리도 아니었지만 마침내 마른 몸을 갖게 되었어요. 혹독한 다이어트를 겪으면서, 나는 꼭 뚱뚱한 사람들이 행복한 세상을 만들어야지, 그 세상이 가상이어야만 가능하다면 반드시 훌륭한 가상 세계를 만들어야지, 다짐했어요. 그렇게 있는 돈 없는 돈 끌어모아서 만든 회사가 빅토피아예요."

라젤이 쓴웃음을 지었다. 먼지는 눈을 끔뻑거렸다. 어

쨌건 라젤이 빅토피아를 설립한 원동력은 이타심이 분명했다.

"참 나. 이용자한테 별 이야기를 다 하고 앉아 있네."

라젤이 피식 웃음을 흘렸다. 먼지는 조심스럽게 입을 열었다.

"그럼 된 것 아니에요? 꿈을 이룬 거잖아요."

"처음에는 저도 그런 줄 알았어요. 나처럼 자존감이 바닥을 치는 비만인들이 서로의 상처를 위로해 주고, 자유롭고 자신감 있게 메타버스를 누비는 게 자랑스러웠죠. 그런데 그 맘이 오래가지는 않더라고요."

먼지는 마른침을 삼켰다.

"뚱뚱한 사람들이 행복해 보이니까 이상하게 열이 받는 거예요. 나도 참 나지. 그러라고 만든 메타버스면서. 그런데요, 사람 맘이 어쩔 수가 없더라고요. 과거에는 날씬한 사람들이 그렇게 미웠는데, 이제는 뚱뚱한 사람들까지 꼴 보기 싫어졌어요. 사실은 날씬해지고 싶으면서 뚱뚱한 자기를 사랑하는 척, 고통 따위 하나도 없는 척하는 게 가증스러워 보였어요. 때마침 광고도 끊기고 돈 되는 것도 없어서 회사 사정도 나빠졌고요."

먼지는 이제야 복잡한 퍼즐이 맞춰지는 것 같았다. 라젤이 미치광이 GM이 아니라는 확신이 들었다. 라젤은 그저 마음이 병든, 희지와 다를 것 없는 사람이었다.

“그러니 어쩌겠어요. 먹고 살려면 돈은 벌어야 하잖아요. 이왕 이렇게 된 거, 고객 맞춤형으로 생각해 봤죠. 뚱뚱한 사람들이 가장 원하는 게 뭔지, 무엇을 욕망하고, 어디에 지갑을 쉽게 여는지 말이에요. 아이러니하게도, 아니, 당연하게도 뚱뚱한 사람들은 날씬해지길 욕망했어요. 누구보다 사랑받고 싶어 하는 사람들이라는 거, 먼지 님도 잘 알잖아요.”

그렇게 라젤은 메타버스를 가장 효과적으로 다이어트에 이용할 수 있는 방법을 고민했고, 미각 동기화 기술에 사활을 걸게 되었다. 먼지는 복잡한 표정으로 라젤을 보았다.

라젤은 계약서를 하나 띄웠다. 비밀 서약 유지 계약서였다. 동의할 경우, 당장 다음 주 주말에 열릴 3라운드에 참여해야 한다는 조항도 명시되어 있었다. 3라운드 게임의 명칭은 ‘무작정 백록담에서 살아남기’였다. 먼지가 한참을 망설이자 라젤이 부추겼다.

"아이, 지금까지 내가 한 말 뭐로 들었어요? 제대로 들었으면, 생각하고 자시고 할 게 뭐 있나요? 누이 좋고 매부 좋고, 도랑 치고 가재 잡고, 임도 보고 뽕도 따고, 또 그 뭐냐……."

먼지는 계약서의 마지막 조항에서 시선을 멈추었다.

'만약 본인이 위 조항을 위반해 회사에 손해를 끼칠 경우, 관련 법규에 따라 엄중히 처벌받을 것을 알고 서약한다.'

엄중한 처벌이 뭘까 생각하던 먼지는 별안간 자조 섞인 미소를 지었다.

'지금 내 삶은 뭐, 처벌받는 게 아닌가?'

먼지는 자기 삶이 깡마르고 예쁜 드라마 주인공의 악몽이라고 상상하고는 했다. 아름다운 외모의 배우가, 뿔테 안경을 끼고 머리를 산발한 채 어설프게 분장한 비만 역할을 맡았을 뿐이라고. 눈만 뜨면 다시 아름다워져 모두의 사랑을 받을 수 있게 될 거라고. 이제 먼지는 악몽의 일부가 아니라, 그토록 꿈꾸던 드라마의 주인공이 될 수 있었다. 주인공 옆에서 농담이나 하며 소모되는 개그 캐릭터가 아니라, 지나가는 '불행한 시민1' 이 아니라, 주인공 엄희지가 될 수 있었다.

"이거 꼭 지금 서명해야 돼요?"

"그럼요. 보호자 동의라도 받고 오려고요?"

먼지는 인중을 늘이며 고민했다. 여기에 서명하면, 먼지 역시 빅토피아의 일부가 되는 거였다. 공범이 되는 거였다.

"그런데요, 라젤 님. 지금 행복하세요?"

라젤이 눈썹을 치켜올렸다.

"날씬해지니까 사는 게 정말 달라지나요?"

"어때 보이는데요?"

먼지는 라젤의 눈을 보고 조심스레 말했다.

"저보다는 나아 보여요."

라젤이 웃었다.

먼지는 서명했다. 그토록 갈망하던 기회를 얻은 것이었다. 그러나 생각했던 것만큼 행복하지는 않았다. 오히려 마음이 무거워졌다. 마음속 어딘가가 까맣게 썩어 문드러진 기분이었다.

✦ 빅토피아 개 ✦

지난 일요일, 먼지가 인생무상을 대신할 최후의 3인으로 발표되고 난 이후 3일이 흘렀다. 희지가 '빅토피아 개'라는 소문이 주말 새 널리 퍼졌다. 희지는 월요일과 화요일 이틀을 내리 학교에 가지 않았다.

부모 역시 희지가 빅토피아 이용자인 것도 모자라, 전 세계에 실시간으로 중계된 게임 이벤트에 참여했다는 사실을 금세 알게 되었다. 주말 새 지인들이 희지가 등장하는 영상 편집본 링크를 쉴 새 없이 보냈으니, 모르려야 모를 수 없었다.

부모는 희지가 마지막 라운드에 참여하는 것을 반대했다. 전 세계에 우리 집 귀한 딸이 비만인 중의 비만인이라고 광고하는 꼴을 차마 볼 수 없었다. 인터넷상에

뿌려진 희지의 모든 영상을 당장 지워 버리라고, 희지가 앞으로 거기에 접속할 일 따위는 없을 거라고 빅토피아에 전화를 걸어 소리를 지르기도 했다. 빅토피아 측은 계약상 변경이 불가하며 희지 본인과 이야기를 나누게 해 달라고 재차 요청했지만, 씨알도 먹히지 않았다.

"살 빼라고 한약은 먹여 댔으면서, 왜 언리밋 테테크는 안 되는데? 이것만 있으면 엄마 아빠가 원하는 몸이 될 수 있다니까!"

희지의 애원에도 부모는 희지를 '이상한' 메타버스에 더는 보내고 싶지 않았다. 사람들 관심 같은 건 시간이 지나면 금방 잊히기 마련이니 당분간 쥐 죽은 듯 조용히 살면 된다고, 그럼 평범한 일상으로 돌아갈 수 있다고 말했다. 희지는 코웃음 쳤다.

수요일 아침, 희지는 부모에게 자퇴 의사를 밝혔다. 부모는 고졸도 아니고 중졸은 절대 안 된다며 결사반대했다. 희지의 예상대로였다. 부모는 전학하고 싶거든 도와줄 테니, 허튼 생각하지 말고 얌전히 등교하라고 했다. VR 기기도 핸드폰도 몽땅 압수당한 희지는 어디에도 기댈 수 없었다.

목요일 아침, 희지는 도살장에 끌려가는 소라도 된 것처럼 학교에 끌려갔다. 부모가 학교 앞까지 차를 태워 데려다준 데다, 교문 앞에서 담임에게 희지를 직접 넘겨주었다.

우왕좌왕 산만하던 학교 복도의 아이들은 희지의 등장과 함께 홍해처럼 갈라졌다.

'아까 차에서 뛰어내렸어야 했는데.'

희지는 수군거리는 아이들을 보고 눈을 질끈 감았다. 희지가 교실에 들어서자 아이들이 핸드폰으로 희지의 사진을 찍어 댔다. 희지는 책상에 엎드려 얼굴을 숨겼다. 할 수만 있다면 창밖으로라도 뛰어내리고 싶은 심정이었다.

"희지야, 나 좀 봐."

어느새 다가온 소라가 희지에게 속삭였다. 희지가 머뭇거리자, 다경이 희지 앞을 막아서며 소리 질렀다.

"너희 다 안 꺼져? 초상권 침해로 확 소송 걸어 버린다!"

소라가 옆에서 목소리를 높였다.

"아, 너희 삼촌이 변호사라며?"

웅성대던 아이들의 목소리가 사그라들었다. 다경은

경호원이라도 된 것처럼 희지를 호위했다. 소라가 그 뒤를 따랐다.

세 사람은 도서실로 향했다. 사서 선생님이 눈치껏 자리를 피해 주었다. 희지는 고개를 푹 숙인 채 아무 말도 하지 못했다. 소라가 먼저 입을 열었다.

"나한테 뭐 할 말 없어?"

희지는 기어들어 가는 목소리로 말했다.

"미안해."

"진짜 하고 싶은 말을 해, 희지야. 들을 준비 돼 있어."

희지가 고개를 들어 소라를 보았다. 그리고 한참 만에 말했다.

"나 너무 힘들어."

소라가 천천히 고개를 끄덕였다.

"소라, 넌 나를 배려했다고 생각하겠지만…… 네가 배려할 때마다 나는 상처받았어. 그건 배려가 아닌 것 같아."

"에이, 그래도 소라는 다 너 걱정해서 하는 소리인데……."

"그건 걱정이 아니야."

희지가 다경에게 눈을 맞추고 말했다. 다경은 마른침을 삼켰다.

"날 더 비참하게 하거든."

소라는 말없이 희지를 바라보았다. 그러고는 희지의 손을 잡아 주었다. 그 손 위로 다경도 손을 얹었다. 소라가 잠긴 목소리로 말했다.

"미안해. 내가 잘 몰랐어."

"말을 해야 알지."

다경이 웅얼거리자 소라가 팔꿈치로 다경을 때렸다. 희지가 피식 웃었다. 벌거벗은 기분이 들었지만, 하나도 창피하지 않았다.

"다경아, 근데…… 너희 삼촌 진짜 변호사야?"

다경이 웃음을 터뜨렸다.

"로스쿨 다녀. 곽소라가 MSG 뿌린 거야."

소라가 어깨를 으쓱였다.

"변호사 없어도 돼. 희지 넌 우리가 지켜 줄 테니까, 이 언니들만 믿으라고."

다경이 느끼하다며 웩, 구토하는 시늉을 했다. 셋이 다시 웃음을 터뜨렸다.

“울다가 웃으면 어딘가에 털 난다던데.”

“괜찮아. 내가 제모해 줄게. 브라질리언 왁싱 알지?”

소라와 다경이 만담하듯 말을 주고받았다.

“둘 다 그만 좀 해.”

희지가 두 사람을 흘겨보며 웃었다. 꼭 핑아지에 와 있는 기분이 들었다. ‘백설기랑 겨울방학은 지금 어디에서 무엇을 하고 있을까? 둘을 언젠가 다시 볼 수 있을까?’ 둘의 얼굴이 떠오르자 가슴 한편이 아려 왔다.

1교시 시작을 알리는 종소리가 울렸다. 두 친구는 잠자코 희지를 지켜보았다. 희지는 휴지로 코를 팽 풀고, 심호흡했다. 그러고는 앞장서 도서실 문밖으로 향했다. 소라와 다경이 조용히 그 뒤를 따랐다. 복도로 햇살이 쏟아져 내렸다.

✦ 핑아지, 안녕 ✦

다음 날, 다경의 호위를 받으며 교문을 나서던 희지가 걸음을 멈췄다. 곁에 있던 소라도 함께 멈췄다.

"아는 사람이야?"

소라가 물었다. 희지는 고개를 끄덕였다.

희지의 눈앞에 정장을 깔끔하게 차려입은 라젤, 아니 김근미가 서 있었다. 안 그래도 부모님 몰래 강남에 있는 빅토피아 본사에 가야 하나 싶었던 차였다. 희지는 두 친구를 안심시키고 김근미를 따라 승용차에 올라탔다. 운전기사가 근처의 한적한 골목으로 이동했다. 기사가 차에서 내리자, 김근미가 비로소 입을 열었다.

"얼굴 보고 직접 이야기하고 싶어서 찾아왔어요. 반가워요."

김근미가 희지에게 손을 내밀었다. 희지는 땀이 찬 손바닥을 교복 치마에 비비고 손을 맞잡았다.

"저희 부모님 때문에 곤란하셨죠? 죄송합니다."

"아이고. 먼지 님, 함부로 사과하지 마세요. 빼도 박도 못하게 내 잘못일 때에만 하는 게 사과예요. 우리 같은 사람들한테는 사과도 습관이란 말이에요."

희지는 김근미를 빤히 보았다. 김근미는 이렇게 말랐는데도, 왜 여태 본인을 '우리' 라는 이름으로 비만인 카테고리에 묶어 놓는지 의아했다.

"부모님한테 기기 뺏겼죠? 그럴 것 같아서 준비했어요."

김근미가 준비한 쇼핑백을 건넸다. 최고급 VR 운동화가 포장되어 있었다. 희지는 비싸서 엄두도 내지 못하는 물건이었다.

"대한민국에서 미성년자로 사는 거, 참 쉽지 않죠? 뭐가 그렇게 안 된다는 게 많은지."

김근미가 진절머리 쳤다. 희지는 고개를 끄덕였다.

"내일 게임은 참여 가능한 거죠? 혹시 집에 감금이라도 될까 봐……."

"걱정하지 마세요. 꼭 참여할 거예요."

김근미가 웃었다.

"좋아요. 그럼 내일 빅토피아에서 만나요. 잘 부탁할 게요."

희지가 네, 대답했다. 그리고 조심스레 물었다.

"그런데요…… 라젤 님은 후회한 적 없어요?"

"뭘요?"

"빅토피아를 만든 거요."

김근미가 피식 웃음을 흘렸다.

"글쎄요. 내가 아니라, 다른 사람이 만들었다면 뭐가 좀 달랐을까, 생각한 적은 있죠. 먼지 님 말마따나 정의롭고 정치적으로 올바르기만 한 메타버스가 되었을지도 모르니까요."

희지가 입술을 오므렸다. 김근미는 말을 이었다.

"그런데 누가 만들었어도 빅토피아는 아마 지금과 비슷했을 거예요. 살다 보니 좋은 게 좋은 거더라고요. 그게 아닌 선택을 한다는 건 정말 쉽지 않죠. 먼지 님도 차차 알게 될 거예요."

'살다 보니…….'

희지는 생각했다. 어른들은 변명할 때 종종 살다 보니

이렇게 되었더라고, 좋은 게 좋은 거라고 말했다. 희지도 16년을 살다 보니 그 말이 무슨 뜻인지는 알았다. 고집 부리지 말고 둥글둥글하게, 내 욕심의 일부를 포기하면 모두의 마음이 편해진다는 뜻이었다. 희지는 라젤이 포기하지 않았다면 빅토피아는 어떤 세계가 되었을지 상상해 보았다. 분명 지금과는 많이 다른 세계일 것이었다.

집으로 돌아온 희지는 방에 들어가자마자 VR 기기를 세팅했다. 부모님은 저녁 7시가 넘어 귀가했지만, 방심은 금물이었다. 희지는 방문을 꼭 걸어 잠근 뒤 VR 기기를 머리에 쓰고 VR 운동화를 신었다. 희지의 가슴이 두근거리기 시작했다. 6일 만의 접속이었다.

먼지는 가장 먼저 핑아지에 들어갔다. 맵을 개설한 백설기가 아직 핑아지를 삭제하지 않은 모양이었다. 먼지는 겨울방학, 백설기와 함께 웃고 떠들던 거실의 소파에 앉았다. 그날 이후, 두 사람 역시 핑아지에 접속하지 않은 듯 맵 안은 쓸쓸하게만 느껴졌다.

먼지는 자리에서 일어나 핑아지를 찬찬히 둘러보았다. 겨울방학의 화장대에 분홍색 리본이 놓여 있었다. 먼지는 그 리본을 앞머리에 가져다 대 보았다. 그때였다.

"그거 아직 삭제 안 했네."

백설기였다. 먼지는 리본을 내려놓았다. 화장대 거울에 비친 백설기의 얼굴이 핼쑥해 보였다.

"이거 겨울방학 거야. 내 리본도 삭제는 안 했지만."

"여긴 어쩐 일이야?"

먼지는 우물쭈물하다 대답했다.

"오랜만에 생각이 나서. 너는? 겨울방학이랑 여기서 만나기로 한 거야?"

백설기는 고개를 가로저었다.

"핑크루 없애자니까, 겨울방학이 막 화를 내더라고. 그러고는 며칠째 잠수 타는 중이야."

먼지는 쭈뼛거리며 물었다.

"여기 진짜로 없앨 거야?"

백설기가 먼지를 보았다.

"왜? 아쉬워?"

"당연하지."

둘은 서로를 말없이 마주 보았다. 백설기가 물었다.

"너는 내일 게임에 정말 참가하는 거야?"

먼지가 그렇다고 대답했다. 백설기가 목 언저리를 더

듬거렸다.

“지난번 좀비 게임 때도 묻고 싶었는데…… 사람들이 너에 대해 아무렇게나 떠들어 대도 괜찮아?”

먼지의 얼굴이 어두워졌다.

“아니. 하나도 안 괜찮지. 그런데 나한테는 선택의 여지가 없어.”

“없기는 왜 없어. 네 몸이고, 네 기억인데.”

갑자기 나타난 겨울방학이 먼지를 보며 말했다. 먼지와 백설기의 눈이 휘둥그레졌다. 겨울방학이 두 사람을 흘긋 보더니, 침대에 풍덩 뛰어들었다.

“왠지 너희 지금 여기 있을 것 같더라. 역시 난 촉이 좋아.”

겨울방학은 눈의 천사를 만드는 것처럼 양쪽 팔다리를 휘저으며 미소 지었다. 먼지가 입을 열었다.

“미안해. 너희 둘 모두에게.”

겨울방학이 모로 누워 한 손으로 머리를 받친 채 먼지를 보았다. 하고 싶은 말은 많지만 입 밖으로 내뱉지 않기로 한 듯 입을 굳게 다물고 있었다. 백설기가 미간을 찌푸린 채 입을 열었다.

"응. 알겠어. 전에도 말했지만, 그건 그거고 핑크루는……."

"며칠 안 왔을 뿐인데, 핑아지 뭔가 바뀐 것 같다!"

겨울방학이 백설기의 말을 가로막았다. 백설기가 쓰게 웃으며 말했다.

"그래? 내 눈에는 달라진 거 하나 안 보이는데."

겨울방학이 풀 죽은 얼굴로 말했다.

"우리 사이가 변해서 그런 걸까, 아니면 핑아지가 원래 이런 곳인 걸 내가 이제야 알게 된 걸까."

먼지는 한숨을 내뱉었다. 겨울방학의 말이 맞았다. 핑아지는 변했다. 더는 예전처럼 서로에게 아늑하고 따뜻한 공간이 될 수 없었다. 마음을 깊이 나눈 세 사람이었기에, 상처가 아무는 데에도 오랜 시간이 필요할 것이었다. 먼지는 핑아지의 풍경을 가만가만 눈으로 담았다. 그리고 입을 열었다.

"우리 수련회 맵에서 촛불 의식 했던 것 기억 나?"

두 사람이 먼지에게 시선을 돌렸다.

"그때 우느라 내 소망은 제대로 말 안 한 것 같아서. 저번 건 취소하고, 지금 다시 말할게."

먼지는 목소리를 가다듬고 두 사람을 보았다.

"내 소망은, 너희를 되찾는 거야. 내가 망쳤으니까 내가 돌려놓을게. 기다려 줄래?"

백설기의 얼굴에 씁쓸한 미소가 떠올랐다 사라졌다. 겨울방학은 먼지를 마주 보고 천천히 고개를 끄덕였다.

"그럼, 우리 다시 만나자."

먼지는 두 사람을 뒤로하고 핑아지에서 나왔다. 그날 밤처럼 울지는 않았다. 핑크루는 반드시 다시 모이리라 믿어서였다.

먼지는 고해소 맵으로 가려다 마음을 바꾸었다. 자신의 내밀한 이야기가 데이터로 변환될 생각을 하니 등줄기를 타고 서늘한 기운이 번졌다. 먼지는 랜덤 맵 버튼을 눌렀다. 어디로 가야 할지 막막할 때는 운명에 자기를 던지는 것도 한 방법이었다.

먼지는 철썩대는 파도 소리에 눈을 떴다. 푸른 바다와 높은 하늘이 눈앞에 펼쳐져 있었다. 알록달록한 파라솔 아래 일광욕을 즐기거나 모래놀이를 하는 아바타들이 보였다. 비키니를 입고 바닷물로 뛰어드는 아바타도 보였고, 아이스크림을 판매하는 NPC와 기념사진을 찍어 주는 대왕 문어 NPC도 있었다. 먼지는 손가락 스냅으로 선글라스를 썼다. 아무래도 신분이 노출되었다 보니 사람들의 시선이 신경 쓰였다.

'그래도 복장은 제대로 갖춰야지.'

먼지는 의상을 갈아입었다. 샛노란 물방울무늬 원피스 수영복이었다. 울퉁불퉁한 뱃살과 허벅지가 한눈에 들어왔다.

'괜찮아. 여기는, 어쨌든 빅토피아잖아.'

먼지는 애써 바다 너머로 시선을 던졌다. 그러고는 맨발을 바닷물에 담갔다. 차가운 바닷물이 발목을 적셨다 사라지길 반복했다. 몸이 노곤해진다고 느낄 때쯤, 어디에선가 사람들의 웃음소리가 들려왔다. 먼지는 저도 모르게 몸을 움츠렸다. 웃음소리가 계속되자 귓바퀴까지 새빨갛게 달아올랐다. 먼지는 두 눈을 질끈 감고 손가락을 튕겼다. 먼지의 옷차림이 순식간에 새카만 추리닝으로 바뀌었다. 추리닝 바지 끝이 바닷물에 젖어 축축해졌다. 먼지를 따라 선명해지던 웃음소리는 곧 먼지의 바로 옆까지 다가왔다.

그들은 바닷물에 첨벙 뛰어들어 물장구를 쳤다. 그저

친구들끼리 해수욕을 즐기러 온 아바타들이었다. 먼지를 비웃기는커녕 먼지에게 관심조차 없었다. 먼지는 긴장을 풀었다. 한껏 솟아 있던 어깨가 축 늘어졌다. 하늘 위에서 갈매기 우는 소리가 들렸다.

먼지는 넋을 놓은 채 구시렁거렸다.

"아이 러브 마이셀프. 아이 러브 마이셀프……."

추리닝이 물에 젖어 몸에 착 달라붙자 먼지는 입술을 꾹 깨물었다. 그리고 손가락을 튕겨 옷을 갈아입었다. 분홍색 시폰 원피스였다. 먼지는 손가락을 다시 튕겼다. 이번에는 데님 점프슈트였다. 먼지는 눈을 질끈 감고 한 번 더 손가락을 튕겼다. 어떤 옷으로 바뀌어도 맘에 들지 않았다. 먼지의 쉴 새 없는 손가락 스냅에 아바타들의 이목이 쏠렸다. 어느새 아이템 함의 옷장이 텅 비어 버렸다.

먼지는 헛웃음을 지으며 마지막으로 손가락을 튕겼다.

아바타에 세팅된 기본 속옷 차림으로, 먼지는 바닷속에 뛰어들었다. 바닷물에 몸을 맡기고 오랜 시간 자유롭게 유영했다. 먼지는 물살을 가르며 실감했다. 내

몸은 나와 떼려야 뗄 수 없는, 나 자신이라는 것을.

그래, 나는 내 몸을 사랑하지 않아.
그렇다고 미워하지도 않을래.
나는 내 몸이니까. 그게 나니까.

먼지는 자신이 지켜야 할 것이 무엇인지 비로소 알 것 같았다. 먼지를 사랑하고, 먼지가 사랑하는 세계. 빅토피아였다. 먼지는 물살을 거슬러 모래사장을 향해 헤엄치기 시작했다.

"언리밋 테테크 프로모션 이벤트 마지막 라운드를 시청하고 계신 여러분, 안녕하세요? 저는 게임 진행을 맡은 게임 매니저 벌꿀파이입니다."

먼지는 연회장으로 차려진 맵에 섰다. 왕뚜껑과 해피바이러스도 긴장한 얼굴로 연회장을 두리번거렸다. 현실에서 먼지는 친구들과 함께였다. 소라의 방으로 피신해, 친구들을 믿고 VR 기기를 장착했다. 희지의 부모는 까맣게 모르는 사실이었다.

"불미스러운 사건으로 인해 3라운드 참가자를 다시 선정할 수밖에 없었던 점, 빅토피아를 대표하여 사과드립니다. 여기 계신 먼지 님은, 여러분도 지난주에 실시간 방송으로 보셨듯이 '양자 셔플'을 통해 공정하고 투명한 방식으로 추첨한 참가자입니다. 터무니없는 억측으로 빅토피아와 먼지 님의 명예를 훼손하는 일이 발생하지 않기를 바랍니다."

먼지는 냉소했다. 참가자의 정보를 양자 비트로 변환하여 어쩌고저쩌고한 뒤, 자신을 추첨했다는 벌꿀파이의 말은 순 거짓말이었다.

"자, 그럼 기다리고 기다리던 3라운드 게임을 시작하겠습니다. 이 게임에서 최종 우승하는 단 한 사람만이 언리밋 테테크의 영광을 차지할 수 있겠지요!"

사람들의 환호가 들렸다. 최후의 3인의 얼굴에 긴장이 역력했다.

"3라운드 게임은 제주도의 놀라운 아름다움을 세계에 널리 알리고자, 제주시와 빅토피아가 공동 개발했습니다. 이름하여 '무작정 백록담에서 살아남기'!"

홀로그램 화면으로 제주도의 풍광이 펼쳐졌다.

"여러분, 제주도를 만든 거대한 여신 설문대할망을 아실 겁니다. 설문대할망은 자신의 웅장한 몸을 가리기 위해, 딱 한 장의 팬티를 원했지요. 팬티의 재료로 총 100동의 명주가 필요했답니다. 하지만 무슨 운명의 장난일까요? 제주도 사람들은 애석하게도 99동의 명주밖에 구하지 못했습니다. 그렇게 설문대할망은 자신을 위한 팬티 한 장 영영 입어 보지 못했답니다. 흡!"

해피바이러스가 미간을 찌푸렸다.

"숭하게 웬 팬티 타령이람."

왕뚜껑도 황당해하기는 마찬가지였다. 먼지는 턱을 긁적이며 홀로그램을 지켜보았다.

"우리 빅토피아는 '빅 사이즈' 여신, 설문대할망의 신화를 다시 쓰기 위해 이 라운드를 설계했습니다. 자, 그럼 설문대할망의 마지막 명주 한 동을 찾기 위한 레이스 '무작정 백록담에서 살아남기'를 시작해 볼까요?"

순식간에 맵이 어둠에 휩싸였다. 그 사이, 제주도의 풍광을 보여 주던 홀로그램 화면에는 설문대할망 신화에 관한 이미지들이 빠른 속도로 지나갔다.

"맵이 로딩되는 시간 동안 게임을 더 재미있게 즐길 수 있도록 신화 이야기를 전해 드리겠습니다. 설문대할망은 500명이나 되는 아들, 오백 장군을 낳아 한라산에서 살았습니다. 보릿고개 시절, 가난한 설문대할망은 이들에게 밖으로 나가 먹을 것을 구해 오라고 했습니다. 본인은 백록담에 거대한 가마솥을 걸고 불을 지펴 죽을 끓이기 시작했고요. 그런데 세상에 이런 일이……! 발을 잘못 디디는 바람에, 설문대할망이 죽을 끓이던 솥에 빠져 죽어 버리고 말았지 뭡니까!"

사람들의 탄식이 들렸다.

"아들들은 그런 줄도 모르고 집으로 돌아와 죽을 먹기 시작했습니다. 죽이 끝내주게 맛있었다고 하네요."

"웩!"

왕뚜껑이 헛구역질을 했다.

"그중 가장 마지막에 돌아온 막내가 죽을 뜨려고 솥을 젓다 이상한 뼈다귀를 발견했습니다. 영리한 막내는 그것이 어머니의 뼈라는 것을 알아차렸습니다. 막내는 불효한 형들을 용서할 수 없어 먼 곳으로 떠나 한없이 울다 바위가 되어 버렸습니다. 이 사실을 알게 된 형들도 울다 지쳐 결국 바위가 되고 말았지요."

어둠에 휩싸여 있던 맵이 서서히 환해지기 시작했다. 새가 지저귀는 소리, 나뭇잎이 바람에 흔들리는 소리가 들려왔다. 먼지는 주위를 두리번거렸다. 어느새 먼지는 정글 한복판에 서 있었다.

"거인 설문대할망의 비극적인 신화를 다시 쓰기 위해, 최후의 3인이 제주 한라산 한가운데 모였습니다. 왕뚜껑, 해피바이러스, 그리고 먼지 님. 이중 마지막 명주 한 동을 손에 넣는 최후의 승자는 누가 될까요? 그럼 지금부터 게임을 시작하겠습니다!"

폭죽 소리와 함께 세 사람은 주황색 감귤 모양 벙거지에, 호피 무늬 민소매와 레깅스 차림이 되었다.

"아이고, 숭해라!"

해피바이러스가 온몸에 딱 붙는 유니폼을 양손으로 가렸다. 왕뚜껑은 가볍게 기지개를 켜더니 씩 미소 지었다.

"움직일 때는 역시 레깅스가 편하죠!"

하늘에 화살표 모양 구름이 뭉게뭉게 피어올랐다. 해피바이러스가 구름을 가리키며 고개를 갸웃거렸다. 왕뚜껑은 위를 보더니 냅다 앞으로 달리기 시작했다. 어깨를 돌리며 몸을 풀던 먼지는 해피바이러스에게 말했다.

"친절하게도 방향을 표시해 줬네요."

해피바이러스는 화살표, 하고 중얼거리더니 왕뚜껑을

따라 허둥지둥 달음박질쳤다. 먼지는 숨을 길게 들이마신 뒤 화살표가 가리키는 백록담을 향해 움직였다.

먼지는 정신 나간 계획을 마음속에 품고 있었다. 전 세계의 이목이 쏠린 3라운드 게임에서 우승한 직후, 라젤의 실체를 고발해 버리겠다는 계획이었다. 우승하지 않은 채 진실을 고발한다면 앙심을 품은 패자의 헛소리로 치부될지 몰랐다. 그러니 현실을 바로잡으려면 우승해야만 했다. 이 타이밍을 놓쳐 버리고 나면 먼지도 다른 어른들처럼 '살다 보니' 이게 맞더라는 변명을 하게 될 것 같았다. 먼지는 남은 생을 변명으로 일관하며 추하게 늙고 싶지 않았다. 빅토피아를 지키고 싶었다. 그러려면 라젤이라는 썩은 뿌리를 잘라 내야만 했다. 먼지는 그 칼을 쥔 사람이 오직 자기뿐이라는 것을 알았다.

"으악!"

왕뚜껑이 별안간 뒤에서 달려와 먼지와 부딪혔다. 먼지는 엉덩방아를 찧었다. 왕뚜껑은 사과 한마디 없이 벌떡 일어나 무릎을 털었다.

"한참 앞서가더니, 왜 갑자기 뒤에서 나타나요?"

왕뚜껑은 잠깐 먼지를 보더니, 손가락 스냅을 했다. 그러자 왕뚜껑의 머리 위로 빨간 하트 두 개와 검은 하트 한 개가 나타났다. 왕뚜껑이 씩씩거렸다.

"한번 죽었더니 출발점으로 돌아가던데요? 망할 돌하르방 놈들 같으니."

왕뚜껑은 주먹을 불끈 쥐고 다시 앞을 향해 뛰어갔다. 왕뚜껑 말이 맞는다면, 먼지에게도 단 세 개의 목숨만이 주어졌을 터였다. 먼지는 숨을 들이마시고 구름 화살표가 가리키는 방향으로 걸음을 옮겼다.

얼마 지나지 않아 은행나무만 한 돌하르방 하나가 먼지 앞을 가로막았다. 먼지가 방향을 꺾자 돌하르방 역시 먼지를 따라 쿵 점프하며 움직였다. 돌하르방이 점프할 때마다 바닥에 흙먼지가 날렸다. 콜록거리며 한참을 실랑이하던 먼지가 멈춰 섰다. 돌하르방의 가슴 한가운데 숫자 '15'가 새겨져 있었다.

"네가 열다섯 번째 아들내미인가 보지?"

돌하르방이 고개를 끄덕이듯 점프했다.

먼지는 제주에 여행 갔던 초등학생 때, 돌하르방의 코를 한참 동안 부여잡고 놓을 줄 모르던 부모를 떠올렸다. 아빠는 말했다.

"네 엄마가 진작 돌하르방 코를 만졌으면 우리 희지는 듬직한 딸이 아니라 듬직한 아들로 태어났을 텐데. 그럼 얼마나 좋아. 남자는 덩치 클수록 인기 좋잖아, 나처럼."

우스갯소리라는 듯 아빠는 킬킬거렸다. 하나도 웃기지 않았지만 희지는 웃는 시늉을 했다. 그런 말 따위, 자신에게 하나도 상처 되지 않는다는 걸 보여 주어야 했다. 희지는 그것이 자신을 지키는 방법이라고 믿었다.

메타버스의 먼지는 현실의 희지와 다르게 얼굴을 한껏 구긴 채 돌하르방을 노려보았다.

"당장 비키지 않으면 네 그 잘난 코, 가루로 만들어 버리는 수가 있다."

돌하르방은 돌덩이답게 아무런 표정 변화 없이 우두커니 서 있었다. 먼지가 주먹을 꼭 쥐고 들어 올렸을 때, 멀리서 새된 고함이 들렸다.

"꺄! 너무 재밌어!"

먼지가 뒤돌아보자 해피바이러스가 나무줄기를 타고 타잔처럼 자유롭게 밀림을 누비고 있었다. 먼지를 알아

본 해피바이러스는 나무줄기에 매달린 채 외쳤다.

"먼지 님, 저것들 일일이 상대할 필요 없어요! 내가 한 번 죽어 보니까 알겠더라고!"

그러고는 주머니에서 귤을 하나 꺼내 흔들었다.

"이거면 돼요! 아까 화살표 따라가라고 알려 준 대가예요!"

해피바이러스는 열다섯째 돌하르방의 머리 위로 힘차게 귤을 던졌다. 귤은 팡 소리를 내며 녹진한 과즙과 함께 돌하르방을 한 방에 녹여 버렸다. 먼지가 입을 떡 벌렸다. 해피바이러스는 나무줄기를 탄 채 제 갈 길로 빠르게 움직였다.

"나도 질 수 없지!"

먼지는 해피바이러스를 따라 굵다란 나무줄기에 매달려 보았다. 생각보다 몸이 가벼워 날렵하게 움직일 수 있었다. 먼지는 타잔이 된 것처럼 바람을 가르며 나무줄기를 탔다. 시원한 바람이 뺨에 닿아 상쾌했다. 먼지의 발아래로 수많은 돌하르방이 장애물 노릇을 하고 있었다. 얼마나 움직였을까. 서너 개의 돌하르방 사이에 갇혀 있는 왕뚜껑이 보였다. 먼지는 나뭇가지에 매달린 귤을 잽싸게 따 돌하르방에 명중시켰다. 돌하르방이 그 자리에서 까맣게 녹아내렸다.

“제가 오지랖이 좀 넓어서요!”

먼지의 말에 왕뚜껑이 고맙다며 손을 흔들었다. 그러고는 돌하르방이 사라진 틈으로 빠져나와 먼지를 따라 나무줄기에 손을 뻗었다. 먼지는 웃으며 숲속을 가로질렀다.

어느새 먼지는 한라산 정상에 다다랐다. 아래로 넓고 깊게 펼쳐진 푸른 호수 백록담에 먼지는 넋을 빼앗겼다. 그때였다.

“여기까지 오시느라 고생 많았습니다!”

먼지는 두 눈을 썩썩 비볐다. 호수 한가운데 호화로운 요트 한 대가 떠 있었고, 그 위에 마이크를 든 라젤이 미소 짓고 있었다.

‘정신 똑바로 차리자, 엄희지.’

먼지는 심호흡하며 라젤에게 시선을 던졌다. 라젤은 외쳤다.

“먼지 님, 그리고 지금 막 도착한 우리 왕뚜껑 님! 두 분 모두 백록담 앞까지는 처음 오셨죠? 제가 타고 있는 이 요트 안에 여러분이 찾아 헤매는 보물, 명주 한 동이 있습니다!"

라젤의 머리 위로 이원 중계 중인 홀로그램 화면이 나타났다. 빅토피아 로고가 수놓인 수건을 몸에 두르고, 빅토피아 로고가 인쇄된 풍선을 흔드는 아바타들이 보였다. 마지막 라운드라고 굿즈까지 알뜰하게 팔아먹은 모양이었다.

"때마침 해피바이러스 님도 도착하셨네요! 자, 그럼 세 사람의 남은 목숨을 확인해 볼까요?"

라젤이 손가락을 튕기자 셋의 머리 위로 하트가 떠올랐다. 사람들의 환호성이 백록담 가득 울려 퍼졌다. 세 사람이 고개를 돌려 가며 서로의 하트를 확인했다.

"네, 보시다시피 현재 1위는 목숨 세 개가 멀쩡히 남아 있는 먼지 님입니다! 하지만 먼지 님, 방심하면 큰일 나죠! 이번 라운드는 바로, 선착순이니까요!"

라젤의 말이 끝나기 무섭게, 왕뚜껑이 대뜸 호수를 향해 뛰박질하기 시작했다. 해피바이러스도 휘둥그레진 눈으로 왕뚜껑을 뒤따랐다. 호수에는 크리스털로 만든 선착장이 반짝이고 있었다. 먼지도 주먹을 불끈 쥐고 선착장으로 달렸다.

한참 후, 숨을 몰아쉬며 선착장 앞에 도착한 먼지는 경악했다. 선착장 바닥에 왕뚜껑과 해피바이러스가 쓰러져 있었다. 그들의 몸에 뚫린 검은 구멍이 서서히 넓어지더니 이내 두 사람을 어둠 속으로 삼켜 버렸다.

"네가 먼지구나."

선착장 끝머리에서 누군가 먼지를 향해 한 걸음씩 다가왔다. 그가 가까워질수록 먼지의 얼굴이 하얗게 질렸다. 그의 온몸은 시멘트를 뒤집어쓴 듯 회색빛으로 번들거렸고, 현무암처럼 크고 작은 검은 구멍들로 가득했다.

"징그러워."

먼지가 겁에 질려 중얼거렸다. 회색 인간의 가슴에 숫자 '500'이 음각되어 있었다.

"한참 기다렸잖아."

먼지는 눈을 질끈 감았다. 오백 형제의 막내는 한 손에 누런 뼈다귀를 들고 있었다.

"결국 우린 만날 줄 알았어."

그가 웃었다. 먼지는 그가 누구인지 알 것 같았다. 그는 먼지의 두려움이었다. 그건 왕뚜껑과 해피바이러스 에게도 마찬가지일 터였다.

✦ 빅토피아 ✦

눈을 떴을 때, 먼지는 자기 목숨이 그새 두 개로 줄었음을 직감했다. 눈앞에 3라운드를 시작했던 출발선이 펼쳐져 있었다. 먼지는 자신이 회색 인간을 향해 귤 폭탄을 던지려고 마음먹었던 순간을 기억했다. 그러나 회색 인간은 다 알고 있다는 듯 기묘한 웃음을 지으며 자신을 향해 손가락 총의 방아쇠를 당겼다. 어둠이 자신을 좀먹는 동안, 먼지는 자기 가슴에 박힌 총알에서 고소한 우도 땅콩 냄새를 맡았다.

먼지는 곧장 나무줄기에 매달려 밀림을 가로질렀다. 499개의 돌하르방 장군들이 자기 머리 위를 날아가는 먼지를 빤히 올려다보았다. 먼지는 미끄러지지 않기 위해 신중히 나무줄기를 골라 쥐며 백록담으로 향했다.

아까와 다름없는 풍경이 백록담 선착장에 펼쳐져 있었다. 크리스털 선착장 위에 땅콩 총알을 맞고 쓰러진 왕뚜껑과 해피바이러스. 먼지를 향해 다가오는 500번째 회색 인간. 라젤은 그러거나 말거나 요트 위에서 방방 뛰며 먼지에게 어서 오라고 호들갑을 떨었다.

"먼지 님……."

왕뚜껑이 가늘게 뜬 눈으로 먼지를 올려다보았다. 왕뚜껑의 몸은 서서히 어둠에 잠식되고 있었다. 먼지는 왕뚜껑에게 가까이 다가갔다. 왕뚜껑은 눈물이 그렁그렁한 눈으로 먼지에게 말했다.

"뭔가 이상해요……."

먼지는 어둠에 좀먹혀 가는 왕뚜껑의 손을 잡아 주었다.

"내 몸이 내 맘대로 움직이지를 않아요. 꼭 NPC가 된 것 같아……."

"다시 깨어나면 저 좀 기다려 줘요. 혼자 먼저 움직이지 말고요."

먼지의 말에 왕뚜껑이 눈알을 굴려 하늘을 보았다. 하늘에 화살표 모양 구름이 둥둥 떠 있었다. 왕뚜껑은 서서히 눈을 감더니, 이내 완전히 어둠 속으로 사라져 버리고 말았다.

"왕뚜껑이 한 말을 믿어?"

어느새 가까이 다가온 회색 인간의 목소리였다. 먼지는 그에게 귤 폭탄을 언제 던질지 눈치를 살폈다.

"나한테는 그 어떤 무기도 소용없다는 거, 알았을 텐데?"

그가 지팡이처럼 생긴 누런 뼈를 먼지에게 겨누었다. 먼지는 그를 노려보았다.

"네가 무슨 신이냐? 다 아는 것처럼 굴고 있네."

그의 몸에 뚫린 수많은 구멍에서 피슝 하고 바람 빠지는 소리가 들렸다.

"먼지 넌 두려울 때마다 센 척을 하더라."

먼지가 마른침을 삼켰다. 그 와중에 라젤이 탄 요트가 선착장 가까이 다가오고 있었다. 라젤이 마이크에 대고 목청을 높였다.

"아이고! 목숨 두 개 남은 우리 먼지 님 아니야? 왕뚜껑 님이랑 해피바이러스 님은 요령도 없이 여기 오자마자 끽, 죽었는데 역시 먼지 님은 뭔가 달라도 다르시다!"

라젤은 곧 요트에서 내려 땅에 사뿐히 발을 디뎠다. 먼지는 긴장의 끈을 놓지 않은 채, 회색 인간과 라젤을 번갈아 보았다. 라젤의 뺨이 붉게 달아올라 있었다.

"먼지 님이 우리 오백 장군 막둥이와 어떤 대결을 보여 주실지 무척 기대되는걸요!"

먼지는 잠자코 라젤을 보았다. 라젤은 이원 중계 화면에 실시간으로 기록되고 있는 생방송 접속자 수를 확인하더니 미간을 살짝 찌푸렸다.

"에이, 시청자분들이 좀 지루하신가 보다. 접속자 수가 영……. 먼지 님 파이팅!"

라젤이 먼지에게 윙크하고 요트에 올라타기 위해 뒤돌아섰다. 먼지가 라젤을 향해 성큼성큼 다가갔다. 회색 인간이 뼈를 가로로 길게 들고 먼지를 막아섰다.

"먼지, 넌 나를 통과해야 요트에 탈 수 있어."

먼지는 그를 무시한 채 라젤에게 외쳤다.

"라젤, 지금 장난해?"

라젤이 멈칫하자, 먼지가 까치발을 들고 말을 이었다.

"우리를 이딴 지옥에 처넣고 총질해 죽이면서도, 당신한테 죄책감이라고는 한 톨도 없지?"

라젤이 뒤돌아 고개를 기울인 채 먼지를 보았다.

"당신 머릿속에는 온통 돈 생각뿐이잖아!"

라젤이 눈알을 굴리면서 헛웃음을 지었다.

"어머, 우리 먼지 님이 나무 좀 타느라 많이 피곤하셨나 보다."

그러고는 회색 인간에게 눈짓을 보냈다. 회색 인간은 고개를 끄덕이더니, 먼지의 관자놀이에 손가락 총을 겨누었다.

"마지막 남은 목숨은 꼭 필요한 데 쓰길 바라."

탕!

먼지가 눈을 떴다. 이번에도 3라운드 출발선이었다. 아까와 달리 왕뚜껑이 먼지를 기다리고 있었다. 먼지가 눈을 빛내며 왕뚜껑 앞으로 다가가자, 왕뚜껑이 느닷없이 손사래를 쳤다. 손사래 치는 왕뚜껑의 손바닥에 검은 구멍이 뚫려 있었다. 먼지가 휘둥그레진 눈을 하고 왕뚜껑에게 달려갔다. 왕뚜껑은 먼지에게 기댄 채 입을 열었다.

"시키는 대로 안 했더니…… 땅콩이 막 날아왔어요."

"그게 무슨……."

왕뚜껑이 검지로 하늘을 가리켰다. 먼지는 뭉게구름 모양으로 떠 있는 화살표를 쳐다보았다. 왕뚜껑은 손가락 스냅으로 머리 위에 검은 하트 세 개를 띄우더니 스르르 눈을 감았다.

"왕뚜껑 님!"

먼지가 왕뚜껑을 붙잡고 흔들었지만, 왕뚜껑은 금세 흔적도 없이 사라져 버렸다. 먼지는 눈을 부릅뜨고 하늘을 올려다보았다. 먹구름이 몰려와 사방이 어두워졌다. 화살표 구름에서 하나둘 빗방울이 떨어져 내렸다. 먼지는 뺨을 타고 흐르는 빗물을 손바닥으로 닦아 냈다. 그리고 화살표가 가리키는 방향과 정반대 방향을 향해 내달리기 시작했다.

화살표의 반대쪽으로 향할수록 빼곡하던 나무가 듬성듬성해지더니, 이내 바위만 더러 놓여 있었다. 애초에 백록담과 반대 방향에 있는 맵의 데이터는 제대로 설계조차 하지 않은 모양이었다. 한참을 뛰어가다 보니, 맵은 텅 비다 못해 백지처럼 새하얀 공간이 되어 있었다. 그러는 동안에도 뭉게구름 화살표는 먹구름 색깔을 하고 먼지의 머리 위를 끈질기게 따라왔다. 화살표 구름에서 천둥 번개가 치며 폭우를 쏟아 냈지만, 먼지는 아랑곳하지 않았다. 구름 아래를 벗어나면 세상은 투명한 하늘 아래 잔잔히 존재하고 있다는 것이 눈에 환히 보였다.

"나를 통과해야 한다고 했지!"

어느새 회색 인간이 먼지의 눈앞에 나타났다. 먼지는 흠칫 놀랐지만, 대수로울 것 없다는 듯 다른 곳으로 시선을 돌렸다. 약이 오른 회색 인간이 기다란 뼈다귀로 먼지를 위협했다. 먼지가 꽥 소리 질렀다.

"너희 엄마 뼈 좀 그만 들이밀어! 이 불효자 놈아!"

회색 인간이 날카롭게 대꾸했다.

"불효자? 누가 할 소리?"

둘이 서로 맞서서 버티는 사이, 먼지는 화살표 구름 안에서 줌을 당기던 카메라 렌즈를 발견했다. 먼지가 뼈다귀를 힘껏 밀어 회색 인간을 자빠뜨렸다. 먼지는 쏟아지는 빗속에서 카메라 렌즈를 바라보며, 빗물을 연신 닦아 냈다.

"여러분, 사실 저는 빅토피아에서 우승자로 정한 내정자예요."

먼지가 카메라 너머의 사람들에게 말을 이었다.

"지금 생각해 보니 제 삶은 이 게임처럼 방향이 정해

져 있었던 것 같아요."

먼지는 화살표를 가리키며 씩 웃었다.

"한 번도 제 뜻대로 흘러간 적이 없거든요. 사람들이 나를 어떻게 바라볼지, 어떻게 생각할지에만 맞춰 움직였으니까요."

회색 인간을 밀치고, 라젤이 나타났다. 라젤의 얼굴은 분노로 일그러져 있었다. 먼지는 라젤을 흘긋 보았다.

"이대로 명주 한 동을 찾았다면 설문대할망의 신화는 다시 썼을지 몰라도, 저는 여전히 사람들의 반응에 갇힌 채 살았을 거예요. 여기가 스스로를 가둔 감옥인 줄도 모르는, 라젤처럼요."

먼지는 카메라를 똑똑히 보고 말했다.

"여러분, 빅토피아를 사랑하세요? 그럼 우리 이곳을 같이 지켜요."

먼지가 카메라를 향해 손을 내밀었다. 라젤이 머리를 쥐어뜯으며 비명을 질러 댔다. 먼지는 카메라 너머에서 자신을 지켜보고 있을 사람들을 떠올렸다. 거기에는 분명 핑크루 멤버들도 있을 거라는 생각이 들었다. 어느새 빗물이 멎었다. 먼지가 하늘을 올려다보며 미소 짓자 맵이 서서히 어두워졌다. 그리고 사라졌다.

희지는 소라의 방에서 눈을 떴다. 소라와 다경이 땀에 흠뻑 젖은 희지를 부둥켜안았다. 방문 너머는 사람들이 웅성대는 소리와 문손잡이를 돌려 대는 소리로 시끄러웠다. 희지는 소라와 다경의 손을 맞잡았다. 더는 외롭지도, 두렵지도 않았다. 희지는 맞잡은 손을 더욱 힘 있게 그러쥐었다.

에필로그 ✦

비만인의 새로운 메타버스 '위토피아' 설립을 위한 펀딩이 시작되었습니다!

빅토피아의 비리와 편견을 폭로한 이후, 우리는 비만인의 권리와 안전, 그리고 행복을 위한 새로운 메타버스가 필요하다고 입을 모았습니다.

'We + Utopia'를 표방하는 WETOPIA는 비만한 우리 모두에게 차별이 아닌 평등한 기회를 제공할 것입니다.

여러분의 지지가 위토피아를 실현시키는 데 큰 힘이 됩니다.

더 나은 세상을 만들기 위해 펀딩에 동참해 주세요.

비만한 당신, 그리고 비만할 수 있는 당신을 결코 혼자 내버려두지 않겠습니다.

여러분의 많은 관심과 성원 부탁드립니다!

-위토피아 공동 운영위원 먼지, 백설기, 겨울방학

작가의 말

공사다망한 와중에 이 책을 읽어 주신 독자님, 감사합니다.

저는 이 이야기를 쓴 김경은이라고 합니다.

'작가의 말'이니까 엄살 좀 부려 볼까요? 『빅토피아』는 살면서 제가 쓴 많지 않은 이야기 중에, 가장 쓰기 어려웠습니다.

누구라도 그렇겠지만, 저는 욕먹는 것을 두려워합니다. 욕먹지 않으려고 이거 치우고 저거 치우다 보니, 저는 '개연성'의 늪에 빠지고 말았습니다. 빅토피아는 성립 자체가 불가능한 세계가 되고 말았죠.

아무리 큰 이점이 생긴다고 해도, 가상 세계에서조차 뚱뚱한 자기 몸을 그대로 재현하는 데 동의할 사람이 있기나 할까. 그 세계를 유토피아라 부르며, 자기 삶의 일부를 기꺼이 내놓을 사람들이 정말 존재할까. 저는 오랜 시간 이 질문 앞에서 맴돌았고 그럴싸한 개연성을 만들어 내는 데 매번 실패했습니다. 인간은 뚱뚱한 몸을 혐오한다는 진실만 마주할 뿐이었죠.

그러다 '있어야만 하는 세계를 재현하는 것이 작가의 몫'이라는 송수연 평론가님의 글을 읽었습니다. 가만히 생각해 보니 맞는 말이었습니다. 내가 설득해야 하는 대상은, 이야기를 만드는 데 여러 목소리를 보태 준 사람들이 아니라, 이 세계가 있어야 한다고 믿는 작가 자신이라는 것을요. 그렇게 이야기가 세상에 나오면, 이 세계를 믿든 말든 할 자유는 오롯이 독자의 몫이라는 것도요. 욕먹지 않는 글을 쓰고 싶다는 욕망은, 모두를 만족시키는 글을 쓰겠다는 포부처럼 오만한 것이었습니다. '완벽'하지는 않아도 저만 쓸 수 있는 고유한 이야기를 계속 써 나가겠다고 별안간 다짐해 봅니다.

함께해 주신 전예슬 편집자님께 깊은 감사와 존경을 전합니다. 편집자님과 함께 한 권의 책을 완성할 수 있어 든든하고 즐거웠습니다.

귀 닫고 네가 쓰고 싶은 대로 쓰라고 격려해 주신 김서정 선생님, 저와 함께 흔들리며 이야기를 붙잡아 준 진하 언니, 지애 씨, B조 선생님들 모두 감사합니다. 이 이야기가 기대된다고 말씀해 주셨던 돌아가신 동희 언니, 보고 싶습니다.

제가 널브러져 있을 때마다 죽비 때리듯 마감은 했냐고 물었던 엄마, 드디어 했어요! 지한 작가님의 다정하고 꾸준한 염려 또한 큰 힘이 되었습니다. 모두 감사합니다.

올해 초, 사랑스러운 조카 로은이가 태어났습니다. 호락호락하지는 않겠지만, 로은이가 살아갈 세상은 사람을 체형으로 평가하지 않는, 누구도 자기혐오에 시달리지 않는 세상이 되었으면 좋겠습니다. 로은이를 사랑하는 세계, 로은이가 사랑하는 세계에서 우리 오래오래 함께하기를 바랍니다.

2023년 연말

김경은

빅토피아

1판 1쇄 발행 2024년 1월 25일 **1판 2쇄 발행** 2024년 5월 22일

지은이 김경은

펴낸이 남영하 **편집** 전예슬 김주연 김가원 **디자인** 박규리 **마케팅** 김영호 변수현

펴낸곳 ㈜씨드북 **주소** 03149 서울시 종로구 인사동7길 33 남도빌딩 3F **전화** 02) 739-1666 **팩스** 0303) 0947-4884

홈페이지 www.seedbook.co.kr **전자우편** seedbook009@naver.com **인스타그램** instagram.com/seedbook_publisher

ISBN 979-11-6051-597-8 (43810)

ⓒ 김경은, 2024

이 책은 저작권법에 따라 보호받는 저작물이므로 무단 전재와 무단 복제를 금지하며,

이 책 내용의 전부 또는 일부를 이용하려면 반드시 저작권자와 ㈜씨드북의 서면 동의를 받아야 합니다.

이 책은 서울특별시, 서울문화재단 '2024년 창작집 발간지원 사업'의 지원을 받아 발간되었습니다.

● 책값은 뒤표지에 있어요. ● 잘못 만들어진 책은 구입하신 서점에서 바꾸어 드려요.

● 씨드북은 독자들을 생각하며 책을 만들어요.